MLB
메이저리그

MLB-메이저리그 12

말리브해적 장편소설

초판 1쇄 찍은 날 § 2016년 5월 13일
초판 1쇄 펴낸 날 § 2016년 5월 20일

지은이 § 말리브해적
펴낸이 § 서경석

편집책임 § 고승진
디자인 § 신현아

펴낸곳 § 도서출판 청어람
등록번호 § 제387-1999-000006호
등록일자 § 1999. 5. 31
어람번호 § 제1-2431호

주소 § 경기도 부천시 원미구 부일로 483번길 40 서경B/D 3F (우) 14640
전화 § 032-656-4452 팩스 § 032-656-4453
http://www.chungeoram.com
E-mail § chungeorambook@daum.net

ISBN 979-11-04-90803-3 04810
ISBN 979-11-04-90474-5 (세트)

FUSION FANTASTIC STORY

12

말리브해적 장편소설

MLB 메이저리그

도서출판 청어람

MLB
메이저리그
KANG
62

Contents

1. 디비전시리즈

톰 맨더슨이 마운드에서 연습구를 던졌다.

삼열은 더그아웃에서 바라보니 낙차 큰 스플리터와 안정된 직구, 그리고 슬라이더와 체인지업 모두 괜찮은 듯 보였다.

연습구가 끝나자 빅토르 영이 타석에 들어섰다. 그는 요즘 타격에 물이 잔뜩 오른 상태였다. 밀어치기와 당겨치기 모두에 능해 어지간해서는 삼진을 당하지 않았다. 그는 컵스의 1번 타자로서의 역할에 아주 충실했다. 그래도 상대 투수는 관록이 많은 에이스다. 이 사실을 기억하며 빅토르 영은 조심스럽게 타격을 하기로 생각했다.

맨더슨이 와인드업 후에 바로 공을 던졌다. 공이 심하게 춤을 추며 들어오자 빅토르 영은 배트를 미처 휘두르지 못했다.

펑.

"스트라이크."

맨더슨이 던진 공은 무릎에 살짝 걸쳐져 포수에 미트에 꽂혔다.

빅토르 영은 초구가 스트라이크가 되자 타석을 벗어나 잠시 호흡을 크게 했다. 그는 자신이 오늘 컵스가 하는 위대한 전투에서 첫 번째로 문을 연다고 생각했다. 그러기에 오늘 반드시 안타를 치거나 상대 투수를 괴롭혀야 했다.

'기회는 많이 오지 않아. 냉정하게 기다리고 커트한다.'

빅토르 영은 어깨의 힘을 빼고 기다렸다. 공이 빠르게 날아들었다. 기다리던 직구였다. 그는 지체 없이 배트를 휘둘렀다.

딱.

빗맞은 공이 3루 쪽 관중석으로 떨어지자 맨더슨은 안도의 한숨을 내쉬었다. 이번 공은 너무 정직하게 한가운데로 들어갔다. 초반이라 아직 제대로 컨트롤이 되지 않은 것이다. 약간의 불안한 생각이 들지 않는 것은 아니었으나 이런 경우도 자주 있는 편이었다.

그는 포수의 요구대로 공을 던졌다. 공이 타자 앞에서 옆으로 휘어져 들어왔다. 깔끔한 슬라이더였다. 하지만 빅토르 영은 배트를 짧게 잡았기에 공이 변화하는 것에 대처하는 것이 빨랐다.

딱.

데굴데굴.

배트의 아랫부분에 맞은 공이 파울라인 밖으로 굴러갔다.

삼열은 빅토르 영이 맨더슨을 공략하는 것을 보고 오늘 경기는 괜찮게 진행될 것이라는 예감이 들었다.

맨더슨의 공이 특별히 나쁜 것은 아니었지만 그렇다고 뛰어난 것도 아니었다. 요즘 악착같이 달려드는 컵스 선수들의 스타일로 보아 4회 이전에 승부를 볼 수 있을 것으로 예상했다.

1번 타자가 중요한 것은 상대 투수가 마운드에 적응하기 전에 기를 꺾어야 하기 때문이다. 괴롭히고 또 괴롭혀서 그날 투수의 구질을 동료 타자들이 알 수 있게 해줘야 한다. 투수가 자신감을 가지게 해서는 절대로 안 된다.

2스트라이크 노볼.

대부분 이런 카운트에는 투수가 유인구를 던질 것이라고 예상을 하지만 맨더슨은 의표를 찌르는 스트라이크를 던졌다. 빅토르 영은 다시 당겨치기로 파울을 만들었다. 여전히 카운트는 투수가 절대적으로 유리하였다. 하지만 빅토르 영은 기가 죽지 않았다. 상대 투수의 공이 좋기는 하지만 해볼 만하다고 생각했다.

맨더슨의 공은 스플리터와 직구가 괜찮았고 또한 체인지업도 제구가 잘되는 편이었다. 하지만 대단히 위력적이거나 하지는 않았다. 그가 컨디션이 좋은 날은 공이 춤을 추며 들어갔고 타자들은 그의 공에 맥을 못 추곤 했다. 하지만 빅토르 영은 상대 투수의 공을 차분하게 커트하며 자신이 원하는 공이 올 때까지 기다렸다.

6구째. 빅토르 영은 배트를 휘둘러 유격수 앞 땅볼을 만들었는데 테일러 판도르스키가 서두르다 다리 사이로 공을 빠뜨렸다. 빠르게 달린 빅토르 영은 쉽게 1루에 안착했다. 어이없는 실책이었다. 이번 타구는 당연히 아웃을 시켜야만 하는 쉬운 공이었다. 서두르다가 알까기를 한 것이다.

톰 맨더슨은 기분이 좋지 않았지만 실책을 저지른 판도르스키를 보며 웃었다. 그의 미소를 본 판도르스키는 빠르게 마음의 안정을 되찾았다. 하지만 맨더슨은 오늘 경기가 조금씩 어긋난다는 느낌을 받았다. 그것은 일종의 예감이었다. 스트롱 케인에게 3루타를 맞은 후에는 그런 생각을 돌이킬 수 없게 되었다.

무엇보다 방금 한 실점보다 막강한 상대 투수가 문제였다. 그는 메이저리그 최고의 투수라 일컬어지는 삼열이 부담스러웠다. 올해 그는 기념비적인 27승을 거두었다. 그런 투수를 상대한다는 것만으로도 심리적으로 위축되었다.

노아웃에 주자는 3루, 그리고 1실점. 공이 나쁜 것은 아니었고 단지 상대 타자가 잘 쳤다. 하지만 판도르스키가 실수를 하지 않았다면 점수를 내주지 않았을 것이다. 그렇다면 스트롱 케인에게 안타를 맞지 않았을 확률이 높았다. 마음을 안정시키기 전에 일격을 맞은 것이다.

프레드 챈틀러 감독은 이마를 찌푸렸다. 입안이 텁텁해서 해바라기 씨앗을 입안 가득 털어 넣고 껍질을 뱉으며 생각에 잠겼다.

오늘 맨더슨의 구위 자체에 큰 문제는 없었다. 상대 타자들이 잘 친 것도 있었지만 운이 나빴다. 이번에 스트롱 케인이 친 공이 펜스에 맞고 튕겨져 나온 것을 외야수가 제대로 처리했으면 3루타는 나오지 않았을 것이다. 잘해야 2루타, 어쩌면 1루밖에 못 갈 수도 있었다.

그는 코치와 감독으로서 15년 이상을 메이저리그에 있었지만 인생은 생각처럼 되지 않는다는 것을 알고 있었다.

오늘이 그런 날이다. 이렇게 주지 않아도 될 점수를 주는 날은 힘든 경기를 해야 한다. 사실 오늘은 1점 싸움이 될 확률이 높은 날이었다.

'하아, 아직 던지지도 않은 상대 투수에게 긴장한 것인가?'

챈틀러 감독은 마이너리그 감독을 오래 맡았다.

그 긴 시간 동안의 지도자 생활을 통해 느낀 것은 운이 나쁘면 어쩔 수 없다는 것이다. 시즌 중이라면 오늘 같은 날은 쉽게 받아들일 수 있었다. 상대 투수가 메이저리그 최고의 선수이니까 말이다.

하지만 지금은 디비전시리즈. 곤혹스러웠다. 투수가 잘 던지고 있는데도 점수를 주면 감독이 할 수 있는 것이 사실상 없다.

'하아! 느낌이 안 좋아, 느낌이…….'

그는 흩어지는 해바라기 씨앗처럼 자신의 고민이 다음 타석에서 끝나기를 바랐다.

3번 타자로 레리 핀처가 타석에 섰다. 올해를 끝으로 그는 은퇴하거나, 아니면 반쪽 선수가 되어야 한다. 올 시즌의 반밖에 소화해 내지 못했기 때문이다.

레리 핀처는 타석에서 상대 투수를 보고 씨익 웃었다. 그는 이런 긴장감이 주는 스릴이 너무 즐거웠다. 얼마 있으면 그는 이런 스릴과 긴장감을 다시는 느끼지 못하게 될 것이다.

'와라. 외야 플라이 하나는 큼직하게 날려주마.'

맨더슨이 땅볼 투수라는 것을 알고 있지만 오늘은 왠지 감이 좋았다. 안타를 치든, 외야 플라이를 치든 뭐든 될 것 같았다.

레리 핀처는 침을 꿀꺽 삼켰다. 목구멍으로 넘어간 침이 그의 긴장감을 누그러뜨렸다.

공이 빠르게 날아왔다. 레리 핀처는 반사적으로 배트를 휘둘렀다. 크지 않아도 된다. 스트롱 케인은 발이 빠르니까.

딱.

공이 하늘 위로 솟았다. 날아가던 공이 힘을 잃고 떨어져 내렸다.

그는 자신의 타구가 외야수에게 잡히는 것을 보고 더그아웃으로 들어가 동료들과 하이파이브를 하며 앉았다. 아웃이 되었지만 1타점이다. 이로써 컵스는 1회에 2득점을 했다.

스트롱 케인이 홈으로 들어와 동료들의 축하를 받았다. 1회에 이렇게 쉽게 점수가 날 것이라고는 전혀 예상하지 못했다. 그것은 베일 카르도 감독도 마찬가지였다. 맨더슨 투수에게 이렇게 쉽게 점수를 뽑을 수 있을 것으로 예상하지 못했던 것이다. 이렇게 중요한 경기에서 말이다.

"감독님, 올해는 작년하고 다를 것 같네요."

벨렌 워렛 벤치 코치의 말에 베일 카르도 감독은 고개를 끄덕였다. 시즌 막판이 되면서 주전들을 경기에서 많이 뺐다. 시즌 막판까지 선수들의 체력을 많이 비축한 것이 이런 결과를 가져오게 했다. 작년 겨울, 스토브리그가 시작되자마자 컵스의 선수들은 훈련에 돌입하였다. 그 결과가 이번 가을에 나오는 것 같아 기분이 좋아졌다.

4번 타자는 투수 앞 땅볼로, 5번 타자는 삼진으로 이닝을 마무리한 맨더슨 투수는 마운드를 내려가면서 발걸음이 무거워지는 것을 느꼈다.

'과연 저 괴물은 어떻게 던질까?'

맨더슨은 더 이상 실점하지 않고 5회를 넘길 수 있을 것으로 생각했다. 문제는 메이저리그를 평정한 상대 투수에게 달려 있었다.

이렇게 1차전이 끝날 수도 있고 아닐 수도 있다. 결과가 어떻게 나오든 자신은 최선을 다하여야 한다.

맨더슨이 더그아웃의 벤치에 앉아 눈을 감자 카메라가 그런 그의 모습을 잡았다. 승리는 간절히 원한다고 되는 것이 아니다. 그에 걸맞은 실력을 갖춰야 한다.

삼열은 천천히 마운드에 올라가며 생각했다. 오늘 이 시합에서 자신의 모든 것을 불사르기로, 후회 없는 경기를 하기로 결심했다.

삼열은 마운드에 서서 타석을 바라보니 정복자가 된 듯 자신감이 생겼다. 브레이브스의 타자가 왜소해 보였다. 그는 그 누구도 자신의 공은 치지 못할 것으로 생각하며 공을 던졌다. 일종의 자기암시였다.

브레이브스의 1번 타자 데이비드 휀은 힘껏 배트를 휘둘렀다. 배트에 빗맞은 공이 투수 앞으로 날아갔다. 빠른 타구가 투수 정면으로 날아갔지만, 삼열은 아주 쉽게 공을 잡았다.

1아웃.

공 한 개로 아웃카운트 한 개를 얻은 삼열은 미소를 지었다. 무척이나 위험한 공이었지만 왠지 몸이 비정상적으로 빠르게 위험에 반응했다.

주변에서 삼열의 빠른 반응에 놀라는 감탄사가 튀어나왔다. 예전에 보스턴 레드삭스의 매트 클레멘트가 경기 도중에 타구에 머리를 맞아 교체된 일이 있었는데, 그때와 매우 비슷한 공이었다. 그러나 결과는 아주 다르게 나타났다. 클레멘트는 병원으로 실려 갔지만 삼열은 아웃카운트 한 개를 얻었다.

데이비드 휀도 자신의 타구가 투수 정면으로 날아가자 깜짝 놀라 뛰는 것조차 잊었다. 라인드라이브 타구가 너무 강하게 날아갔기에 타자가 뛰고 어쩌고 할 사이도 없었다.

내셔널리그에서 가장 뛰어난 1번 타자로 불리는 그가 너무나 쉽게 아웃되자 사람들이 놀란 표정을 지었다. 그는 올해 0.298의 타율, 13홈런에 32개의 도루를 했다.

2번 타자 마이클 딘이 타석에 들어섰다. 그는 좀 전에 데이비드 휀이 지나가면서 해준 말이 기억났다.

'신중하게 쳐!'

마이클 딘은 그의 말이 의미가 있을까 생각했다. 상대 투수는 시즌 중에도 몇 번 상대를 해보았지만 너무나 공격적인 투수였다. 볼을 던지지 않는 투수로 알려진 그는 정말 볼을 어지간하면 안 던졌다. 그래서 실투가 가끔 홈런이 되기도 하지만 정말 놀라운 투수였다.

'휴우, 젠장. 제발 실투해라!'

그의 마음과 달리 공은 빠르게 날아왔다. 몸 쪽에 붙은 빠른 직구에 자신도 모르게 배트를 휘둘렀다. 뭐가 휙 하고 지나간 것 같았다.

펑.

"와아!"

"우와!"

마이클 딘은 관중석의 반응이 이상해 전광판을 바라보았다. 조금 전의 공의 구속이 100마일이었다.

'젠장, 좌완 투수가 100마일이라니!'

마이클 딘은 자신감이 갑자기 사라졌다. 메이저리그에서 삼열의 공은 무겁기로 유명했다. 가볍고 빠른 공을 정확하게 받아치면 반발력이 커 홈런이 나온다. 하지만 무거운 공은 멀리 뻗지를 못한다. 홈런이 될 공이 평범한 외야 플라이가 된다는 말이다.

마이클 딘은 3구 삼진을 당하고 고개를 숙이고 물러났다.

3번 타자 호세 마르지오 역시 2구만에 땅볼로 아웃되고 말았다.

브레이브스의 챈틀러 감독은 암담함을 느꼈다. 삼열의 공이 시즌보다 더 좋았던 것이다. 노련한 브레이브스의 타자들이 어떻게 해보지도 못하고 물러났다. 구장을 가득 메운 홈팬들의 응원이 오늘따라 부담으로 다가왔다.

삼열이 더그아웃으로 내려오자 벅 쇼가 하이파이브를 하였다.

"삼열, 멋졌어!"

"오늘은 나의 날, 내일은 너의 날이잖아."

"물론이지."

카메라에 웃는 두 사람의 얼굴이 잡혔다. 삼열은 그라운드에서 수비를 하는 상대 팀 선수들과 관중들을 바라보았다. 오늘은 어쨌든 이기고 싶었다. 그 어느 때보다도 꼭 이기고 싶었다.

삼열은 마음을 다스리며 눈을 감았다. 소란스러운 관중들의 소리와 동료들의 목소리가 천천히 멀어지기 시작했다. 최고의 상태에서 투구하기 위한, 그리고 집중력을 잃지 않기 위한 그만의 방법이었다.

이미 상대 팀 타자들에 대한 분석은 끝난 지 오래였다. 그 누구라도 자신이 있었다.

사실 강력한 투구는 상대 타자에 대한 완벽한 분석의 결과이다. 물론 공의 종속이나 무브먼트도 매우 중요하지만 상대 타자들을 분석하는 것은 더 중요한 일이다. 직구에 강한 타자에게 자꾸 직구를 던지는 것은 매우 어리석은 일이다. 투수는 상대 타자가 치기 어려워하는 공을 던져야 승리를 할 수 있게 된다.

'나는 승리를 원한다. 컵스의 팬들도 승리를 원하지. 그 누구도 나의 공을 칠 수 없어.'

삼열이 눈을 감고 자기암시에 빠져 있을 때 컵스의 타자들은 자신감을 가지고 타석에 들어섰다. 이미 1회 초에 컵스의 타자들이 상대 투수를 공략했다. 그러니 그를 두려워할 타자는 컵스에 없었다. 맨더슨이 비록 뛰어난 투수이기는 하지만 나이가 많아 예전 같은 구위를 가지고 있지도 못했다. 그러니 두려움이 없었다.

2회에는 점수가 나지 못했지만 누상의 주자가 2명이나 나갔으며 맨더슨은 21개나 되는 공을 2회에 던져야 했다.

마운드에 나가는 삼열에게 벅 쇼가 한마디 했다.

"수고해. 맨더슨은 5회를 못 넘길 것 같은데."

"그거 정말 듣기 좋은 소리네."

삼열이 피식 웃었다.

*　　　*　　　*

—오늘 경기 어떻게 보십니까?

장영필 아나운서가 송재진 해설위원에게 물었다.

—이제 1회가 끝났고, 2회가 시작됩니다. 그런데 양 팀의 투수 차이가 아주 많이 나는군요. 톰 맨더슨이 비록 브레이브스의 에이스이기는 하지만 오늘 컵스의 타자들, 겁이 없습니다. 반면 브레이브스의 타자들은 강삼열 선수의 구위에 완전히 눌려 있습니다. 이런 상태라면 오늘 경기 전망이 아주 밝습니다.

—강삼열 투수의 공은 여전히 좋지요?

—네. 직구, 변화구, 커터 할 것 없이 완벽합니다. 이번 시즌에 27승을 거둔 투수입니다. 32경기에 나와 27승을 한다는 것은 현대 야구에서는 거의 불가능에 가까운 승률입니다. 정말 자랑스럽습니다.

—컵스의 타자들도 확실히 달라졌죠?

—네, 컵스의 타자들이 작년 겨울에 정말 많은 훈련을 했습니다. 들리는 말에 의하면, 레리 핀처가 중간에 합류했고 모든 선수가 스토브리그에서 엄청난 훈련을 소화해 냈다고 하니 결과가 좋을 것입니다. 어쨌든 메이저리그는 재능 있는 선수

중에서도 재능 있는 선수가 있는 곳입니다. 그러니 노력하는 사람을 이길 수가 없겠죠. 특별히 몇몇 천재적인 재능을 가진 선수들을 제외하고는 대부분 기량에 큰 차이가 없어요. 그런데 그런 선수들이 겨우내 연습장에 나와 훈련을 하는 것은 결코 쉬운 일이 아닙니다.

—아, 말씀드리는 순간 강삼열 선수 4번 타자 피터 브라이언을 삼진으로 돌려세우네요.

—하하, 천하무적이에요, 천하무적. 과연 메이저리그에서 강삼열 선수가 마음먹고 던지는 공을 누가 쳐낼 수 있을까 하는 생각이 드는군요.

경기는 계속 진행되었지만 점수는 나지 않았다. 브레이브스의 선발투수는 5회가 넘어가자 한계 투구가 되어 중간 계투와 교체되었다.

톰 맨더슨이 마운드에서 내려가자 컵스의 타자들은 물 만난 물고기처럼 안타를 치기 시작했다.

삼열은 공을 던지면 던질수록 힘이 났다. 이전에 느껴보지 못한 강렬한 투기가 그의 승부욕을 자극하였다. 그래서인지 그의 공을 제대로 친 브레이브스의 타자들이 거의 없었다. 7회 말까지 안타가 3개가 나왔지만 모두 제대로 맞은 공이 아니었다.

삼열은 7회에 점수가 7 : 0으로 벌어지자 투수가 교체될 줄 알았지만 그렇게 되지는 않았다. 그가 7회까지 던진 공이 78개에 지나지 않았고, 또 시즌 막판에는 체력 조절을 위해 한 달 동안은 6이닝 이하로 던졌기에 아직 힘이 남았다고 본 것이다.

'그냥 가는 모양이네.'

삼열은 투수 코치가 별도의 지시를 내리지 않았고 불펜에서도 투구 연습을 하는 선수가 보이지 않자 그렇게 생각했다.

시즌 막판에 선발투수진이 일찍 마운드에서 내려가는 바람에 중간 계투진이 무리한 것도 그 이유였지만 포스트시즌에는 선발투수들을 중간 계투로 돌릴 수 있기 때문이다.

이런 상황에서 삼열이 완봉승하게 되면 그만큼 중간 계투들이 더 많이 쉴 수 있기 때문에 내린 조치였다. 4선발 랜디 팍스와 5선발 스테판 웨인은 여차하면 경기 중간에 구원으로 등판할 수 있다. 그들은 비록 많은 승수를 챙기지 못했지만 저력만큼은 뛰어난 투수들로 경기 중간에 나와 2—3이닝 정도는 충분히 던질 수 있다.

베일 카르도 감독은 삼열의 투구 내용을 보고는 투수를 교체하지 않았다.

더그아웃에서는 옆자리에 앉아 있던 벅 쇼가 삼열을 보며 말했다.

“오늘 끝까지 가는 모양이네.”

“그런가 보네.”

“하긴 오늘 네가 완투를 해주면 내일 우리 팀이 편하긴 하겠지.”

“흐음.”

삼열은 7이닝 동안 7득점을 한 컵스의 화끈한 공격력 덕분에 앞으로 남은 이닝도 편하게 던질 수 있게 되었다. 굳이 힘들게 던질 이유가 없는 것이다.

삼열은 공수가 교대되자 마운드에 올랐다. 이제 8회 말, 2이닝만 더 던지면 경기가 끝난다.

삼열이 마운드에 서자 관중석이 조용해졌다. 컵스의 팬들조차도 이제는 승부가 갈렸다고 느꼈는지 조용하게 있었다.

삼열은 차분하게 공을 던졌다.

빛살 같은 공이 타자의 앞에서 빠르게 변했다. 타석에 선 브레이브스의 타자는 거듭 헛스윙을 하였다. 이런 것이 특급 투수의 위력이었다. 정규 시즌과 달리 단기전은 공격보다는 투수와 수비에 의해 승부가 결정되는 경우가 많다. 체력 안배를 하지 않고 전력투구를 하는 특급 투수의 공을 공략하기란 절대 쉽지 않다.

오늘의 승부는 선발투수의 질에서도 차이가 났지만, 사실 1

번 타자인 빅토르 영이 끈질기게 맨더슨 투수를 괴롭힌 게 컸다. 메이저리그의 정상급 선발투수가 투구 시에 안정을 찾기 시작하면 타자들이 공략하는 게 쉽지가 않기 때문이다.

데이비드 휀이 초구에 아웃된 것에 반해 빅토르 영은 끈질기게 승부하여 아웃이 된다고 하더라도 상대 투수로 하여금 더 많은 공을 던지게 했다.

삼열은 공을 던지면 던질수록 힘이 났다. 공을 던지는 것이 조금도 힘들지 않았다. 힘을 빼고 던져도 이전과 비슷한 구위가 유지되었다.

게다가 삼열은 공을 던질 때 말할 수 없는 자유로움을 느끼기 시작했다.

공을 힘으로 던지면 구속이 확실히 더 나온다. 하지만 다음 날 몸이 힘들고 무거워진다. 하지만 이제 공을 던지는 것이 신이 났다.

물론 공은 어깨로 던진다. 하지만 어깨로만 던지는 공은 제대로 된 공이 아니다. 이전에도 공에 체중을 실어서 던졌지만 이제는 더 쉽게 그렇게 할 수가 있다.

삼열은 공이 손끝을 벗어나 포수의 미트에 박히는 순간 말할 수 없는 희열을 느꼈다. 그가 던진 공은 마치 살아 있는 것처럼 타자의 앞에서 꿈틀거리는 것이 생생하게 느껴졌다. 그것이 신났다.

장영필 아나운스와 송재진 해설위원은 신나게 방송을 했다. 이번이 세 번째 디비전시리즈이지만 올해는 컵스의 전망이 아주 좋았다.

컵스는 예전의 컵스가 아니었다.

—오늘 경기는 거의 마무리되어 가는 것 같은데요, 강삼열 선수는 어떻습니까?

—역시라는 말이 나올 정도로 깔끔합니다. 물 흐르듯 자연스러운 피칭이 두드러지는군요. 어떤 타자가 저렇게 위력적인 공을 공략할 수 있겠습니까? 특별한 일이 없으면 오늘은 이렇게 경기가 끝날 것 같군요.

—하하. 사실 언론들도 오늘 컵스의 승리를 예측했겠죠?

—그렇습니다. 단기전은 투수의 비중이 상당히 커집니다. 비록 톰 맨더슨 투수가 메이저리그 정상급 투수인 것은 맞지만 강삼열 선수와 비교를 하면은 많이 쳐지죠. 그리고 요즘 컵스의 타자들은 예전의 그 선수들이 맞는지 의심이 갈 정도로 잘합니다. 또 선수층이 두터워진 것도 컵스의 또 다른 힘입니다.

작년 같은 경우 포스트시즌이 오면 선수들이 매우 피곤해 했다. 하지만 올해는 그렇지가 않았다.

컵스는 완전히 변했다.

양키스나 레드삭스만큼 선수층이 두텁지는 않았지만 이제는 어디에 내놔도 꿀리지 않을 정도는 되었다.

컵스는 이제 포스트시즌이 무섭지 않았다. 이변이 없는 한 디비전시리즈는 이길 것이고 챔피언십시리즈도 이길 확률이 높았다.

문제는 월드시리즈에 나가 아메리칸리그의 챔피언을 맞아 제대로 싸울 수 있는가였다.

—강삼열 선수, 안타 하나를 내줬지만 8회 말도 무실점으로 끝내는군요. 이렇게 되면 완봉으로 가겠지요?

—그렇습니다. 투구 수가 92개이고, 그다지 지쳐 보이지도 않으니까요. 컵스의 투수 운용은 강삼열—벅 쇼—존 가일, 이렇게 3명의 투수들이 번갈아 던질 겁니다. 삼열 선수가 4차전에 다시 나올 확률이 높으니 아마 완봉이나 완투로 갈 가능성이 큽니다. 체력이 좋은 선수이니 단기전에서는 무리가 되지 않을 것입니다. 또 중간 계투진도 단기전에서는 매우 중요한 승부의 변수가 되기 때문에 오늘 같은 경우는 강삼열 선수가 경기를 마무리하도록 감독이 조치를 취할 것입니다. 투수진을 가능한 한 아껴야겠죠.

—하하. 아, 이거 정말 강삼열 선수 대단합니다. 대한민국의 국민으로서 무척 자랑스럽습니다. 애틀랜타의 강타선을 완벽하게 묶어버렸습니다.

—사실 메이저리그에서 강삼열 선수가 작심하고 던지면 안타를 칠 수 있는 선수가 몇 없습니다. 무엇보다도 삼열 선수는 심리전에 능합니다. 타자들의 약점을 알고 치밀하게 그쪽을 공략하니까요. 그리고 무엇보다도 삼열 선수의 장점은 기복이 없는 것이죠. 1회나 9회나 구위의 변화가 거의 없습니다. 더구나 그의 군더더기 없는 투구 폼은 상대 타자들이 어떤 공이 올지 전혀 예측하지 못하게 합니다.

—말씀드리는 순간 공수 교대가 되고 9회 초로 바뀝니다. 저희는 잠시 후에 돌아오겠습니다.

장영필 아나운서가 방송 헤드폰을 벗고서 송재진 해설위원에게 말한다.

"와, 선배님, 정말 대단하네요. 삼열이 인간 같지 않다는 느낌이에요."

"하하, 정말 대단한 투수지. 한 세기에 한 명 나올까 말까 한 선수가 우리나라에서 나왔어."

"와우, 놀랍다는 말밖에는 안 나오네요. 고2에 야구를 시작해서 이렇게 이른 시간에 메이저리그를 평정할 수 있다니… 방송을 하면서도 믿어지지 않네요."

"그렇지. 우리뿐만 아니라 방송을 보시는 시청자분들도 그렇게 여기실 거야. 그리고 고2부터 야구를 해서 오히려 어깨가 싱싱하다는 점도 있어. 투수 중 혹사를 당해서 프로로 오면 어깨가 쉽게 고장이 나는 선수들이 간혹 있는데, 삼열이 같은 경우는 완전히 예외지. 하지만 나는 사실, 교통사고 후에 그가 좌완으로 변신한 것을 보고 경악했지. 그것은 사실 거의 불가능에 가까운 일이니까."

"맞습니다. 믿을 수가 없는 일이죠."

"하하, 자, 준비하자고."

공수 교대가 되고 브레이브스의 선수들이 제자리를 잡았고 투수가 마운드에서 몇 개의 공을 던지고 나자 컵스의 타자가 타석에 들어섰다.

—컵스의 타자는 찰리 덕으로 바뀌었군요. 하하, 찰리덕 선수는 포지션이 포수인데 1번 타자 빅토르 영의 대타로 들어왔습니다. 이것은 뭔가요?

—찰리 덕 선수는 포수와 외야수를 같이 볼 수 있는 선수죠. 빅토르 영의 체력을 아껴주려는 의도로 보입니다. 이미 경기의 방향은 결정이 났으니 상대적으로 다른 선수에 비해 정규 시즌에 많이 쉬지 못한 빅토르 영 선수의 부담을 줄여주기 위한 배려라 할 수 있습니다.

—아, 그렇군요. 그만큼 컵스가 여유가 있다는 것이겠지요?

—강삼열 선수가 9회 말까지 던진다고 보면 이유가 있는 선수 기용입니다.

—여담으로 올해 강삼열 선수에게 CF 광고가 밀려온다고

하는데 만약 우승이라도 하는 날에는 엄청나겠군요.

—강삼열 선수가 소속된 샘슨사를 통해 들은 이야기로는 작년에도 광고 계약 제의는 엄청나게 많이 왔는데 다 거절했다는군요. 굵직한 몇 개의 광고 외에는 스토브리그 내내 훈련만 했다고 하던데 그 결과가 27승이죠. 노력보다 더 위대한 것은 없습니다. 사실 작년만 해도 강삼열 선수는 최고의 한 해를 보냈으니 그렇게 하지 않아도 될 터인데도 올해 누구보다도 많은 노력을 했으니 이렇게 좋은 성적이 나오는 것이죠. 혹시라도 이 방송을 보고 있는 어린 학생들이 있다면 이런 강삼열 선수를 본받을 필요가 있습니다.

—아, 컵스의 타자들, 점수를 내지 못하고 공수 교대를 하는군요. 이제 마지막 9회 말이 남았습니다. 시청자 여러분, 저희는 잠시 후에 돌아오겠습니다.

삼열은 컵스의 공격이 끝나자마자 벤치에서 벌떡 일어나 마운드로 걸어갔다. 살랑거리는 시원한 바람이 뺨을 스쳐 지나가자 삼열은 호흡을 크게 했다.

솔직히 9회가 되니 조금 힘이 들기는 했다. 큰 경기이다 보니 평소보다 더 신경을 쓰고 투구를 하게 돼서인지 9회 말이 되자 갑자기 몸이 무거워졌다. 이해할 수 없었다. 바로 조금 전만 해도 힘이 넘쳤었는데.

'이상하게 몸이 무겁네. 하지만 7점 차이야. 긴장할 필요가 없어. 힘을 내! 넌 최고야! 그 누구도 너의 공을 칠 수 없어!'

삼열은 자기에게 말을 하며 마음을 다잡았다. 여기서 멈추면 안 된다. 머뭇거려서도 안 된다. 이제 전력투구를 해서 빨리 이닝을 마치는 것이 최선이다.

'가자, 누구도 내 공을 치지 못하게 될 거다.'

다행스럽게도 9회 말은 하위 타순이었다. 생각한 대로 대타가 나왔다. 삼열은 존 콕을 바라보았다. 8번 타자 제이슨 하워드를 대신하여 나온 타자로 장타력이 제법 있는 선수였다.

브레이브스의 감독 챈틀러조차 오늘 경기를 뒤집을 수 있으리라 생각하지 않았다. 단지 0패만은 피하고 싶어 장타력이 있는 존 콕을 대타로 내보낸 것이다.

제발 안타나 홈런을 치기를 희망했던 존 콕이 삼진으로 물러나자 챈틀러 감독은 한숨을 내쉬었다. 첫 경기는 쉽지 않다는 것을 알고는 있었지만 너무 일방적인 경기였다.

'저 삼열 강이 컵스에 있는 한 2승은 내주고 시작해야겠군.'

이런 생각을 하자 챈틀러 감독은 갑자기 자신감이 없어졌다. 누가 저 선수의 공을 공략할 수 있단 말인가. 메이저리그 최고의 구위. 게다가 상대 팀 선수들의 장단점을 너무나 잘 알고서 공을 던져 타자들이 알고서도 치지를 못하는 경우가 빈번했다.

챈틀러 감독은 마음을 비우자 비로소 평화가 찾아왔다. 물론 창피했다. 1차전을 이렇게 맥없이 내준다는 것이 많이 창피하였다. 하지만 방법이 없었다.

그때였다. 챈틀러가 눈을 감고 한숨을 내쉬는데 딱하는 소리와 함께 관중석에서 환호가 터져 나왔다.

'응?'

대타로 내보낸 에릭 스튜어트가 친 공이 포물선을 그리며 날아가고 있었다. 챈틀러는 홈런이라고 직감했다.

"와아!"

관중들의 환호성이 터져 나왔지만 이미 승부가 결정된 뒤라 크게 기대하는 것 같지는 않았다. 오늘은 1점 승부가 될 것 같더니 정말 상대 투수가 내준 점수는 1점이었다. 여기서 밀어붙여도 승부를 뒤엎는 일은 불가능에 가까웠다.

상대는 절대로 연타를 허락하지 않는 투수였다. 게다가 그를 마운드에서 끌어내린다 해도 컵스의 투수는 많았다.

챈틀러 감독은 희망을 가지고 1번 타자 데이비드 휀을 바라보았지만 그가 투수 앞 땅볼로 물러나고 2번 타자마저 삼진으로 물러나자 고개를 숙였다. 경기가 끝난 것이다.

마운드에서 삼열은 두 손을 꽉 쥐고 위로 번쩍 들었다. 그러자 관중석에서 박수와 거대한 함성이 터져 나왔다. 컵스의 팬들이 보내는 박수와 한호성이 터너필드를 가득 메웠다. 컵스는 원정에서 첫 승리를 한 것이다.

베일 카르도 감독은 승부가 결정되자 크게 기뻐하며 옆에 있던 워렌 코치를 껴안았다.

"역시 첫 승을 거뒀군요. 축하합니다, 감독님!"

워렌 코치의 목소리가 떨렸다. 그도 이길 것이라고 생각은 했지만 이렇게 압도적인 점수 차로 이길 줄은 몰랐던 것이다. 오늘의 수훈 선수는 두말할 것 없이 삼열이었다.

삼열은 마운드에서 동료들의 축하를 받으며 기뻐했다. 우승에 한 발 더 다가선 것이다. 올해 삼열은 우승하고 싶었다. 컵스의 팬들의 뜨거운 열망이 그의 마음을 변화시켰다.

사람은 감정의 동물이다. 100년 동안의 실패에도 떠나지 않은 팬들의 염원이 삼열에게도 전해진 것. 그리고 교통사고 이후 야구를 하지 못하게 될 수도 있다는 절실함이 우승에 목마르게 했다.

인간의 삶이란 미래를 알 수 없는 법이다. 그 역시 사고를 당할 것을 미리 알았다면 광고 계약 따위를 하기 위해 그곳으로 가지 않았을 것이다. 그러니 우승을 할 수 있을 때 하는 것이 좋았다.

삼열은 기분이 좋았다. 승리한다는 것은 어제나 사람의 마음을 기쁘게 만든다. 지금까지 승리한 것 중에서 기쁘지 않은 경기는 없었다. 그리고 우승을 갈망하게 되자 그 기쁨은 더 커졌다.

삼열은 경기가 끝난 후 간단하게 인터뷰를 하고 호텔로 돌아왔다. 호텔방에서 집으로 전화하니 줄리아가 그때까지 자지 않았는지 전화를 받았다.

"헬로!"

—아빠, 아빠. 나 줄리.

"응. 줄리! 아빠는 줄리가 보고 싶네."

—나두, 나두! 아빠 보고 싶어! 빨리 와!

"그런데 줄리 왜 아직도 안 잤어? 아기는 일찍 자야 하는데 말이지."

—왜에? 오늘은 아빠가 엄마랑 사랑 안 하잖아.

"……."

삼열은 줄리아의 말에 어떤 말도 할 수가 없었다. 나이보다 훨씬 조숙한 딸을 보며 어떻게 딸을 키워야 할지 생각이 안 났다.

그때 전화기 저편에서 마리아가 줄리아에게 차분하게 뭔가를 설명해 주는 게 들렸다. 그리고 줄리아가 '이히히~' 하고 웃으며 자신의 방으로 후다닥 도망가는 발소리를 들을 수 있었다.

잠시 후 마리아가 전화를 받았다.

—여보, 저예요. 오늘 승리 축하해요!

"고마워. 아 난 너무 기뻐서 당신한테 축하받고 싶었는데 줄리가 이상한 이야기를 해서 놀랐어."

—그 앙큼한 것이 다 알고도 일부러 그러는 거예요. 오늘 낮에 나한테 혼났었거든요.

"하하, 여보, 오늘 우리 컵스가 이겼어."

—TV를 통해 봤어요. 아까는 줄리도 경기를 보느라 잠을 안 잔 거거든요.

"아……! 올해 경기 끝나면 우리 함께 여행 갈까?"

—좋아요. 당신, 약속하는 거죠?

"응! 약속할게. 우리 가족 올해는 함께 여행 가자."

삼열은 전화로 줄리아가 이상한 이야기를 했기 때문에 조금 어이가 없었다.

그 조그마한 것이 그런 말을 할 줄은 몰랐던 것이다. 오늘 거둔 승리의 기쁨이 공기 빠진 풍선처럼 변해 버렸지만 그래도 좋았다.

가족이 있어서, 같이 이야기를 나누고 여행을 같이 갈 가족이 있어서 너무 행복했다.

삼열은 오늘 공을 던지면서 깨달음 비슷한 것을 느꼈다. 이전에도 공을 던지는 것 자체가 좋았다. 하지만 오늘은 공을 던지는 것에서 말할 수 없는 자유를 느꼈다.

마치 바람처럼 공이 가벼웠다. 물론 9회 말에 몸이 무거워져 홈런을 맞긴 했지만 다른 때보다 힘들지는 않았다. 전체적으로 몸이 가벼워진 느낌이 들었고, 오늘은 이전보다 더 힘을 빼고 던져도 이전처럼 공이 위력적이었다. 공에 체중을 싣는 것이 이전보다 쉬워진 것이다.

삼열은 TV를 틀었다. 스포츠 채널에서 오늘 끝난 내셔널리그 디비전시리즈 1차전을 방송하고 있었다. 오늘 있었던 하이라이트와 내일 시합에 대한 전망을 이야기하고 있었다.

처음으로 전문가들이 컵스의 승리를 이야기하고 있었다. 그 이야기를 들으며 삼열은 작은 충격을 받았다. 이제 스포츠 전문가들조차 컵스를 인정하는구나, 하고 생각하니 감회가 새로웠다.

사람들에게 인정을 받는 것은 생각보다 쉽다. 그냥 실력을 보이면 된다.

3년 연속 디비전시리즈에 출전하였지만 이전에는 운이 좋은 팀으로 소개가 되곤 했다. 하지만 올해는 내셔널리그 최고의 팀으로 소개를 받았다.

'승리는 기분을 좋게 만들어.'

삼열은 침대에 누워 눈을 감았다. 그러자 오늘 저녁에 있었던 1차전 경기가 머릿속에서 그림처럼 지나갔다. 그리고 잠이 들었다.

*　　　*　　　*

삼열은 아침에 일어나 몸을 움직여 보았다. 오늘은 다른 때와는 달리 몸이 가벼웠다.

신문을 보니 삼열의 호투보다는 컵스의 달라진 공격력에 대한 이야기가 더 많았다. 삼열에 대한 신문의 논조는 27승을 이룬 투수의 공다웠다고 말한 것이 끝이었지만 공격진에 대해서는 자세하게 분석이 되어 있었던 것이다.

전문가들은 컵스가 어제 승리를 할 수 있었던 이유는 삼열의 호투도 있었지만 확 달라진 타자들의 타격에 있다고 보았다.

그 중심에는 1번 타자 빅토르 영이 있었다. 톰 맨더슨이 5회를 마치고 나서 교체된 것은 많은 투구 수 때문이었다. 5회까지 그는 108개의 공을 던졌는데 빅토르 영에게만 32개의 공을 던져야 했다.

애틀랜타 브레이브스의 감독 챈틀러도 삼열의 호투와 함께 빅토르 영의 활약에 대해 언급했다. 신문과 일부 매스컴에서는 적어도 디비전시리즈는 컵스가 쉽게 이길 것이라고 전망했다. 그 이유는 3승을 먼저 거두는 팀이 이기는데, 삼열 혼자 2승을 거둘 것이기 때문이라고 했다.

어제 승리를 해서인지 삼열의 마음은 여유로워졌다. 무엇보다도 맑은 날씨가 오늘 경기에서 좋은 결과가 있을 것이라는 예감을 갖게 했다.

어제 경기에서 삼열은 오른손을 쓰지 않았다. 이런 추세라면 적어도 챔피언십시리즈가 끝날 때까지도 오른손으로 투구하는 것은 필요가 없을지도 모른다.

당연히 스티브 칼스버그 포수는 오른손의 부활을 알고 있다. 가끔 시간이 날 때마다 삼열이 그와 연습을 했기 때문이다.

처음 그는 삼열이 오른손으로 공을 던지자 경악을 했지만 연습이 끝난 다음에는 둘 다 이번 일을 비밀로 하자고 했다. 깜짝 쇼와 같은 것을 기대한 것이기도 했고 왼손으로 던지는 것이 완벽하였기에 구단에 오른손의 회복을 알릴 필요도 없었다.

삼열이 오른손으로 공을 던지는 연습을 할 때는 거의 스크루볼일 때가 많았다.

엄청난 마구를 던질 수 있게 된 오른손의 부활은 누가 먼저라고 할 것도 없이 의미심장한 미소를 지으며 '이건 비밀이지?' 하고 한마디 한 것으로 비밀이 되어버리고 말았다.

스티브 칼스버그는 삼열의 맹렬한 추종자다. 그는 누구보다 삼열을 좋아했다.

그는 삼열의 인간성을 좋아했고 포수로서 그의 뛰어난 공을 받을 수 있는 것은 더욱 좋아했다.

스티브 칼스버그는 호텔의 식당에서 아침을 먹으며 생각에 잠겼다. 어제의 승리 탓으로 구단의 분위기는 무척이나 밝았다. 동료들과 이야기를 나누며 먹는 아침은 따뜻하고 감미로웠다. 이렇게 포스트시즌 중에 마음 편하게 아침을 먹은 기억이 없었다.

"삼열은 안 내려왔나?"

벅 쇼가 스티브 칼스버그에게 말했다.

"아직."

스티브 칼스버그의 대답에 벅 쇼는 고개를 갸웃거렸다. 이렇게 늦을 삼열이 아니었다. 벅 쇼는 오믈렛을 입안 가득 넣고는 스티브 칼스버그를 보며 말한다.

"어제 삼열의 공이 좋던데."

"굉장했지. 가벼운 듯하면서도 묵직했어."

"말이 뭐 그래?"

"그러게."

벅 쇼는 스티브 칼스버그의 말을 듣고 생각했다. 아마도 삼열의 공이 더 위력적으로 변한 것이 아닌가 하는 의구심을 가졌다.

가벼우면서도 묵직하다니! 지금도 괴물인데 더 발전한다는 것은 아무리 같은 팀의 선수라 해도 징그러웠다.

'사람도 아닌 괴물 자식.'

이것이 벅 쇼가 생각하는 삼열이었다. 그는 삼열을 생각하면 쓴웃음이 난다.

현대 야구에서 27승이라니. 믿을 수 없는 수치였다. 어지간한 투수는 평생을 통해서 단 한 번 할까 말까 한 20승을 그는 4년 연속으로 했다. 그리고 올해는 27승 2패. 이건 아마도 현대 야구의 시스템이 바뀌지 않으면 깨질 수 없는 기록라고 생각을 했다.

'젠장, 나는 올해 17승을 해서 나 자신에게 기절할 정도로 놀랐는데 27승이라니. 미친놈, 괴물!'

삼열에 대해 생각을 하니 오늘 자신이 선발 등판해야 한다는 사실이 기억나 약간 긴장이 되었다. 거지 같은 팀이라고 생각했던 컵스가 이렇게 바뀔 줄 상상도 하지 못했다.

마이너리그에 있을 때 컵스라면 메이저리그에 빨리 오를 것이라고 좋아했지만, 한편으로는 양키스나 레드삭스였다면 얼마나 좋았을까 생각하곤 했다. 하지만 요즘은 그런 생각 자체를 하지 않는다.

최근에는 '혹시'에서 '어쩌면'으로 바뀌었다. 그리고 지금은 '당연히'로 넘어가고 있었다. 컵스가 우승할 수 있다는 것 말이다.

벅 쇼가 이런 생각을 하고 있을 때 레리 핀처가 접시에 음식을 한가득 채워 와 테이블에 앉았다.

"하이!"

"하이!"

"굿모닝!"

테이블에 앉은 그에게 벅 쇼와 스티브 칼스버그, 헨리 아더스가 인사를 해왔다.

"오늘 날씨 죽이는군. 벅 쇼, 오늘은 너의 날이야!"

레리 핀처의 말에 벅 쇼가 웃으며 대답한다.

"오늘은 나의 날이죠. 기대들 하라고."

"오케이. 내 홈런도 기대하라고."

레리 핀처의 말에 모두 가볍게 웃었다.

컵스 선수의 절반이 아침을 먹고 자리에서 일어나자 그제야 삼열이 식당으로 들어왔다. 그가 식당에 들어오자 그에게 모두 아는 체를 하며 인사를 했다. 삼열은 가볍게 인사를 하며 스테이크와 샐러드, 달걀부침을 접시에 담아 가까운 테이블에 앉아 먹었다.

"삼열, 왜 혼자 먹어?"

에밀리가 옆 테이블에서 건너오며 말을 했다. 삼열은 힐끗 그를 보며 어깨를 으쓱했다. 삼열은 가족과 함께가 아니면 굳이 다른 사람과 같이 식사하는 것을 고집하지 않았다.

오늘은 점심을 먹자마자 선수들이 연습장으로 갈 것이라는 말을 에밀리에게 듣고 삼열은 고개를 끄덕였다. 자신은 어제 공을 던졌으니 해당 사항이 없는 이야기지만 어제의 승리 덕분인지 컵스 선수들의 열의가 뜨거웠다.

삼열은 아침을 먹고 호텔방으로 돌아와 가볍게 몸을 풀었다. 확실히 몸이 가벼웠다. 어제 100개가 넘는 공을 던졌지만 마치 1개도 던지지 않은 것처럼 몸이 가벼웠다.

'확실히 공을 던지는 법을 알겠어.'

이전에는 힘으로 던지는 것이었다면 이제는 요령으로 던지는 것이었다.

메이저리그 10년차 이상 되어야 생길 노하우를 터득했다는 생각이 들 정도로 어제는 경이로운 날이었다.

삼열은 공을 던지면 던질수록 발전하는 자신의 모습을 볼 수 있었다. 끊임없이 노력한 덕분이기도 했지만 삼열은 왠지 자신이 운이 좋은 사람이라는 생각이 들었다.

삼열은 호텔에 있는 것이 심심해지자 연습장으로 갔다. 호텔에 남아 있다고 특별히 따로 할 일이 있는 것도 아니었기 때문이다. 연습장의 선수들은 할 수 있다는 자신감으로 충만해 있었다. 그들의 눈에는 이전에는 가득했던 패배감이 조금도 남아 있지 않았다. 불화산처럼 타오르는 승리에 대한 자신감이 가득했다.

'올해는 뭐가 되어도 되겠군.'

삼열은 열성적인 컵스 선수들의 모습을 보며 희미하게 웃었다. 그리고 한쪽에서 천천히 공을 던지며 회복 훈련을 했다.

벅 쇼의 컨디션을 체크하던 샘 잭슨 투수 코치가 삼열에게 다가와 어제의 승리를 축하해 주며 잠시 이야기를 나누다가 사라졌다.

바람이 흐르고 시간도 흘렀다. 다시 찾은 터너필드에는 이미 많은 관중이 입장해 있었다.

컵스의 선수들이 들어오자 야유와 박수가 동시에 날아들었다. 그래도 어제는 홈팀의 텃새가 별로 없는 날이었다. 하지만 오늘은 다를 것이라는 듯 관중들의 반응이 예사롭지 않았다.

"벅 쇼, 발라 버려."

삼열의 말에 벅 쇼가 주먹을 쥐며 바라보았다.

"걱정하지 마. 애송이들, 오늘 다 죽었어!"

"하하하."

컵스의 선수들이 즐거운 웃음을 터뜨렸다. 그리고 시간이 지날수록 터너필드는 뜨거워지기 시작했다. 관중들이 모두 들어오고도 한참이 되어서야 경기가 시작되었다. 오늘은 벅 쇼의 날이다. 삼열은 더그아웃에서 벅 쇼가 공을 던지는 것을 지켜보았다.

브레이브스의 선발투수는 핸더슨, 그는 2009년에 브레이브스에 입단하여 내셔널리그 신인상을 받은 강속구 투수였다.

그러나 현재는 어깨 부상과 허리 부상을 연이어 당해 예전의 빠른 공은 던지지 못하고 있다. 하지만 그래도 90마일 전후의 직구와 커터, 그리고 낙차가 굉장히 큰 변화구를 던진다. 이에 반해 벅 쇼는 말 그대로 제구력으로 승부하는 투수다.

그렇다고 그의 구속이 나쁜 것은 절대 아니다. 직구가 92마일 전후로 형성되기는 하지만 타자를 윽박지르는 스타일은 전혀 아니다.

맞혀 잡는 스타일의 투수다.

'벅 쇼가 조금 유리하겠군.'

삼열은 핸더슨보다는 벅 쇼가 유리할 것이라는 생각을 하며 마운드를 바라보았다. 그의 생각대로 벅 쇼가 핸더슨보다 구위가 더 좋았다. 벅 쇼가 제구력 투수이긴 해도 강속구를 가지고 있기 때문이다. 이에 반해 강속구 투수였던 핸더슨은 잦은 부상으로 95마일 전후였던 구위가 90마일 전후로 내려왔다.

이렇게 객관적인 전력은 벅 쇼가 훨씬 유리했다. 하지만 막상 경기가 시작되자 초반부터 양 팀 투수들이 모두 난타를 당하기 시작했다.

그나마 벅 쇼가 노련하게 경기를 운영하여 점수를 많이 안

줬을 뿐 3회까지 안타를 9개나 허용하고 3실점을 당했다. 그리고 핸더슨은 8안타에 5실점을 당했다. 양 팀의 불펜진이 3회가 넘어가면서 바빠졌다.

"워! 시원하게 두들기네."

삼열의 말에 옆에 있던 존 가일이 피식 웃었다. 정말 그의 말대로 양 팀 투수가 정신없이 난타를 당하고 있었다. 은근히 내일이 걱정되는 그였다.

3회를 무사히 넘기고 더그아웃에 들어온 벅 쇼를 향해 삼열이 말했다.

"오늘은 너의 날이라며? 뭐, 그래도 이제 3실점밖에 안 했어. 마음 놓고 던져. 그래도 이기고 있잖아."

벅 쇼는 삼열의 말에 울컥했지만 틀린 말도 아니어서 참는 수밖에 없었다. 지금 한가하게 같은 팀 동료하고 말싸움할 때가 아니었다.

'젠장, 조금 안일했어. 더 신중하게 던져야 했는데.'

그나마 다행인 것은 컵스가 5 : 3으로 이기고 있다는 것. 그리고 5회까지만 버티면 투수 교체가 이루어질 확률이 높다는 생각을 하자 오늘은 전력투구해야겠다는 생각이 들었다.

시즌 중에 체력을 조절하면서 던지던 것이 버릇이 되어 오늘은 전력투구하지 않고 있었던 것이다. 이렇게 중요한 경기에 말이다. 아차 하고 실수한 것이었는데 순간의 방심이 그로 하여금 3실점이나 하게 만들었다.

'하지만 절대로 포기하지 않겠어. 두고 봐!'

벅 쇼가 눈에 힘을 주고 그라운드를 바라보았다. 그때 마침 3번 타자 마크 오웬이 안타를 치고 나가면서 다시 득점 기회를 맞이하고 있었다.

삼열은 벅 쇼가 초반에 그답지 않게 많은 점수를 내줬다고 생각했다.

그는 올해 17승이나 거둔 대단한 투수다. 그리고 3점 이상 점수를 내준 경기는 불과 6경기밖에 안 된다. 제구력 투수의 위엄이었다. 그런데 오늘 경기에서 벌써 3점이나 실점을 했다.

브레이브스의 타자들이 잘 친 점도 있지만 그의 실수 탓도 있었다. 이렇게 평소와 다른 실수를 하게 되는 경우는 그날 선수의 컨디션과 멘탈에 의해 일어났다.

삼열이 좋은 성적을 거둘 수 있는 이유 가운데 하나는 바로 멘탈이 다른 선수들에 비해 엄청나게 강하다는 것이다. 물론 삼열이 체력 자체도 다른 선수와 비교가 되지 않을 정도로 강하지만 오랜 시간 동안 절망의 나날들을 보낸 것도 무시하지 못한다. 시련이 그를 강하게 만든 것이다.

'뭐 어떻게 되겠지?'

삼열은 벅 쇼를 바라보며 미소를 지었다.

—하하, 멋진 경기군요. 어떻게 보십니까?

에드워드 찰리신 아나운서가 자니 메카인 해설위원을 보며 물었다.

—그렇죠. 멋진 경기입니다. 오늘같이 점수가 많이 나면 보는 팬들이 무척이나 즐겁죠. 특히 오늘 경기는 초반부터 난타전이 시작되었는데 컵스가 조금 우세를 보이고 있습니다. 안타는 브레이브스가 1개가 더 많은 9개로 기회는 더 많았는데 점수는 5 : 3으로 컵스가 앞서고 있습니다. 그리고 방금 컵스의 마크 오웬 선수가 안타를 치고 나가 양 팀 모두 9개의 안타가 되었습니다.

—벅 쇼 선수가 초반에 9개의 안타를 준 것은 의외가 아닙니까?

—그렇습니다. 제구력이 상당한 투수라 이렇게 안타를 많이 맞는 경우가 드문데 오늘은 정말 많이 맞았습니다. 그러나 브레이브스의 강타선을 3실점으로 묶어 놓는다면 그렇게 나쁜 것은 아닙니다. 이번 이닝이 승부의 분수령이 될 것 같군요. 여기서 컵스가 점수를 더 뽑게 된다면 아마도 브레이브스가 경기를 뒤집기는 좀처럼 쉽지 않을 것입니다.

—오늘 컵스의 타자들, 어제와 마찬가지로 집중력이 대단하네요. 특히 존리 말코비치 선수 2안타에 2타점을 기록하고 있어요.

—하하, 존리는 가진바 실력에 비해 마이너리그에 오래 있었던 선수입니다. 3년 동안이나 더블A리그에 있었는데 이는 메이저리그에 존 레이라는 걸출한 1루수가 있었던 탓도 큽니다. 고액 연봉자가 제 몫을 다하고 있으면 마이너리그에서 아무리 잘하는 선수가 있어도 콜업하기가 쉽지 않습니다. 계약서에 우리가 알지 못하는 많은 옵션들이 걸려 있기에 단순하게 조금 못한다고 마이너리그에 내려보내고 그럴 수는 없지요.

—그렇죠. 그렇게 되면 메이저리그 선수 노조가 가만히 안 있습니다.

—선수 노조도 문제지만 메이저리그는 에이전트가 법률 대행을 함으로써 선수에게 불리한 것에는 사인하지 않고 어떻게 하든지 선수에게 유리하게 계약서를 작성하려고 하거든요. 물론, 구단 측의 법률 대행인들도 전문가들이지만 일정 수준 이상의 선수들에게는 굉장히 취약합니다. 메이저리그 구단은 총 30개, 실력 있는 선수들은 서로 데려가려고 하기 때문에 그런 일이 발생하는 것이죠.

—그것은 메이저리그뿐만 아니라 대부분의 미국 스포츠가 스타 마케팅에 의존하기 때문에, 어쩔 수 없이 벌어지는 현상입니다. 팬들은 스타를 보고 싶어 하기에 스타들의 몸값은 해가 갈수록 올라가게 되고, 비록 스타는 아니지만 조금이라도 인기 있는 선수들이라면 몸값이 덩달아 올라가게 되지요. 그

러다 보니 여러 종류의 옵션을 계약서에 추가하게 되는 것이죠. 존리 말코비치는 한 시즌만 더 빨리 컵스와 계약을 했다면 적어도 2년은 일찍 메이저리그를 뛰었을 선수입니다.

—하하, 이야기하는 순간 존리 말코비치가 타석에 들어서는군요. 오늘 세 번째 타석인데 과연 안타를 칠 수 있을지 기대가 됩니다.

존리 말코비치는 타석에 들어서서 날아오는 공을 보고 배트를 힘차게 휘둘렀다. 초구였다.

딱.

존리가 공을 치자 1루에 있던 마크 오웬이 스타트를 끊었다. 그가 2루를 돌아 3루로 가려는 순간 뒤를 돌아보았다. 주루 코치가 손을 들어 홈런이라는 표시를 해주었기 때문이다. 이미 공은 펜스를 넘어갔는지 보이지 않았지만 환호하는 컵스의 팬들과 더그아웃의 반응을 보니 홈런이 맞았다.

"그레이트! 됐어! 끝났어!"

마크 오웬이 홈으로 들어오고 나서 조금 있으니 존리가 들어왔다. 컵스의 모든 선수가 존리를 축하해 주며 즐거워했다.

전광판에는 존리의 모습이 여러 번 나왔다. 아울러 주먹을 불끈 쥐고 좋아하는 벅 쇼의 모습이 무척이나 인상적이었다. 마치 자신이 홈런을 친 것처럼 좋아했다.

경기가 쉽게 풀리자 컵스의 선수들은 신이 났다. 평소에 날을 세우던 존리 말코비치와 스트롱 케인도 서로 껴안고 기뻐하는 모습도 보였다.

존리와 스트롱 케인은 기질이 서로 맞지 않아 사사건건 부딪치는 경우가 많았는데 이 순간만큼은 매우 다정한 애인처럼 보일 정도였다.

원더플 스카이의 자니 메카인 해설위원의 말대로 4회 초에 터진 2점 홈런은 승부의 쐐기 역할을 했다. 브레이브스에게 4점 차면 충분히 따라올 수 있는 점수였지만 문제는 벅 쇼의 구위가 살아나면서 거의 퍼펙트에 가까운 공을 7회까지 뿌렸다는 것이다. 그것으로 경기는 끝이 났다.

8 : 4로 컵스가 가볍게 승리를 따냈다.

이날의 MVP는 당연히 4안타에 5타점의 불방망이를 휘두른 존리였다.

2. 작은 행복

경기가 끝나자 삼열은 호텔로 돌아와서 샤워를 하였다.

자신이 승리투수가 된 것은 아니었지만 컵스가 승리하여서 무척이나 기뻤다. 할 수 있다는 열정이 보답을 받았다는 생각, 더 잘하고 싶다는 의지가 저 밑바닥에서부터 무서운 속도로 달려왔다.

삼열은 이러한 기쁨 때문에 호텔에서 몇 번이나 소리를 질렀다.

자신이 이겼을 때조차 이렇게 소리를 지르거나 즐거워하지 않은 것 같은데 오늘은 너무나 좋았다. 수화기를 통해 들려온 마리아의 밝은 목소리도 그의 마음을 즐겁게 했다. 오늘은 안타깝게도 줄리아는 일찍 잠들어 통화하지 못했다.

깨어 있을 때는 늦게 잔다고 야단을 쳤는데 막상 자고 있으니 오늘 같은 날은 그냥 자지 않고 함께 즐거워했으면 좋겠다는 생각이 들었다.

이렇게 기쁜 시간에 딸과 함께하고 싶다는 마음이 드는 것은 어쩔 수가 없다. 생각해 보면 마리아와는 싸운 적도 별로 없고 언제나 다정한 부부였지만 이상하게 이런 날은 딸이 더 보고 싶어지곤 했다.

부모여서 어쩔 수가 없는 뭔가가 있었다. 그냥 보고만 있어도 가슴이 따뜻해지고 배가 불렀다. 자신은 굶으면서도 자식이 먹는 것을 보면 배가 부르다는 말이 괜히 있는 것이 아닌 것 같았다.

'오늘따라 딸이 보고 싶군!'

'아빠, 아빠' 하면서 팔짝팔짝 뛰는 딸의 모습이 오늘따라 눈에 선했다.

삼열은 문뜩, 자신이 무척이나 행복하다는 생각이 들었다. 행복한 것은 마음의 문제인데, 지금은 마음이 행복했다. 어떻게 그것이 가능한지는 몰랐다. 지금은 컵스가 승리한 것이 기분이 좋았고, 가족이 생각나고 딸의 귀여운 모습을 생각하자 행복해진 것이다.

삼열은 비로소 행복은 다른 사람과의 관계에서 오는 것임을 깨달았다.

혼자서는 결코 행복할 수 없다는 것을 희미하게나마 알게 되었다. 혼자 있을 때 그는 불행했다. 절망적인 사건들이 그를 행복하게 사는 것을 거부하게끔 했다. 하지만 왕따나 루게릭병에서 완치될 수 있다는 희망이 보이면서 모든 것이 달라졌다.

첫사랑 수화와 사귀면서 행복을 처음 만났다. 그녀와 이별한 후에는 지금의 마리아를 만나 결혼하고 말괄량이 딸을 낳았다. 삼열은 이 모든 것에서 행복을 느끼기 시작했다. 지켜야 할 것이 생기면서, 같이 나누는 것이 생기면서, 서로 말하고 배려를 하게 되면서 그의 삶에는 행복이 생겼다.

예전에는 컵스가 승리하든 말든 삼열은 신경을 쓰지 않았다. 그따위 컵스가 어떻게 되든 신경을 쓰지도 않았다. 하지만 지금은 그동안 안중에도 없던 컵스의 승리가 마치 나의 것처럼 여겨졌다.

적지에서 2승을 먼저 챙긴 컵스는 다음 날 바로 시카고로 돌아왔다.

하루를 쉬고 다음 날 경기가 벌어졌고 존 가일이 선발로 등판하여 박빙의 승부를 벌이다가 9회 초에 통한의 3점 홈런을 맞아 지고 말았다.

2승 1패.

삼열이 4차전에 등판하는 날 토마스가 경기를 관람하러 온다는 연락을 받았다. 삼열이 올스타전을 포기하고 한국으로 가서 수술을 받게 해준 어린 토마스가 몸이 다 나아 이제는 경기를 관람할 수 있게 된 것이다.

토마스 외에 아만다도 오기로 되어 있었다. 컵스의 홍보부에서 마련한 이벤트였다. 아만다 역시 서울의 삼송병원에서 수술을 하여 병을 고친 소녀였다. 일종의 스타 만들기 프로젝트 가운데 하나였다.

"여보, 우리도 오늘 경기장에 가서 볼 거예요. 잘해요!"

마리아가 웃으며 삼열의 입에 키스를 살짝 했다. 그러자 옆에 있던 줄리아가 '나도, 나도' 하며 삼열의 팔에 매달려 뺨에 뽀뽀했다.

삼열은 3차전에서 끝냈어야 했는데 그러지 못한 것이 아쉬웠다. 존 가일은 잘 던졌지만 어쩔 수가 없었다. 그가 9이닝을 모두 책임질 수 있는 상황이 아니었고 구원 등판한 투수가 그의 승리를 날려먹었으니 말이다.

이날 경기를 지켜본 컵스의 팬들은 무척이나 아까웠던 경기라고 몹시 아쉬워했다. 그러면서 오늘은 삼열이 등판한다는 것을 알고는 리글리필드로 가족들의 손을 잡고 일찍 나왔다. 아직 시합이 시작되지도 않았는데 관중석은 거의 만원이었다.

가족들이 준비해 온 샌드위치를 먹거나 간이 코너에서 음식들을 사서 먹곤 했다. 싸고 맛있는 햄버거를 같이 나눠 먹으며 컵스의 승리를 빌었다.

삼열은 1루 쪽 관중석에서 아만다와 토마스를 볼 수 있었다. 삼열이 바라보자 아만다가 좋아서 자리에서 벌떡 일어나 삼열의 이름을 불렀다. 토마스는 아직 몸이 완전하지 않은지 앉아서 손만 흔들었다.

삼열도 그들을 보며 손을 흔들었다. 잠시 후 전광판에는 저 아이들의 얼굴이 나올 것이다.

컵스는 돈 한 푼도 보태주지 않으면서 생색을 내려고 하는 것이다. 삼열은 그 엉큼한 속을 알고도 그렇게 하는 것을 내버려두었다.

이 아이들이 나와 매스컴에 얼굴이 비치면 또 더 많은 티셔츠가 팔리고 그렇게 되면 더 많은 아이가 치료받게 될 것이다.

그냥 돈이 남아돌아서 아이들을 돕는 것이 아니다. 아이들의 생명을 살리기 위해 정말 많은 사람이 관련되어 있다.

티셔츠를 디자인한 사람들, 옷을 만드는 사람들, 만들어진 옷을 유통시키는 사람들, 그리고 옷을 사주는 사람들, 수술을 해주는 의사들… 이 모두가 모여 이루어진 것이다.

티셔츠가 많이 팔리면 팔릴수록 삼열은 더 많은 돈을 벌게 된다. 이는 정당한 대가다.

그는 티셔츠 아이디어를 냈고 초기에 많은 돈을 과감하게 투자했다. 그리고 그의 티셔츠가 잘 팔릴 수 있도록 매년 뛰어난 성적을 거두었다. 그래서 컵스가 이렇게 하는 것을 내버려 둔 것이다.

모두에게 좋은 일이었기 때문에. 생명을 얻은 아이들은 고마워해야 하고, 또 잘 자라 행복한 사람이 되어야 한다. 그러면 되었다.

삼열은 오늘 경기장에 일찍 나와 칼스버그와 연습을 했는데 몸 상태가 좋았다. 공을 던지면 원하는 대로 들어가 꽂혔다.

"좋아! 가자, 가자."

삼열은 작게 중얼거리며 마운드에 올랐다. 몇 개의 연습구를 다시 던지고 자세를 취했다. 리글리필드는 뜨거운 함성으로 가득했다. 이런 뜨거운 응원이라면 아무렇게나 던져도 스트라이크가 나올 것 같은 느낌이 들 정도였다.

삼열이 마운드에 서자 브레이브스의 1번 타자 데이비드 휀이 나왔다. 삼열은 홈 관중들의 절대적인 신뢰와 응원을 받으며 공을 던졌다. 공이 빛살처럼 날아가 포수의 미트에 꽂혔다.

펑.

"스트라이크!"

데이비드 휀은 섬광처럼 날아오는 공을 제대로 보지도 못하고 말았다. 당연히 스윙할 수도 없었다.

삼열이 던진 공은 오늘따라 위력적이었다. 삼열은 오늘 던지면 며칠을 쉴 수 있게 되므로 힘을 아끼지 않을 생각이었다. 초반 싸움에서 승리하면 그날 경기를 이끌어 가는 데 아주 유리하기 때문이다.

삼열은 타자들을 연신 헛스윙으로 돌려세우며 자신이 왜 메이저리그 최고의 투수인지를 증명했다.

"워, 저 녀석 오늘따라 엄청난데요."

베일 카르도 감독 옆에서 작전을 세우던 워렛 벤치 코치가 말했다.

"그는 더 이상의 말이 필요 없는 선수입니다."

베일 카르도 감독이 중얼거리듯 낮은 음성으로 대답했다. 작은 소리였지만 워렛은 그가 하는 말을 모두 들을 수 있었다. 그리고 그는 감독의 말에 동의하고는 고개를 끄덕였다.

삼열은 메이저리그 역사상 몇 안 되는 강속구 투수다. 거기에 더해 제구력이 굉장히 뛰어나 타자들이 가장 만나기 싫어하는 기피 대상 1호의 투수였다.

존 가일은 더그아웃에서 삼열의 공을 보며 고개를 좌우로 흔들었다.

삼열의 공을 보니 더 이상 볼 것도 없었다. 공이 날아가면 상대 타자들의 배트가 마치 스펀지로 만들어졌는지 공의 속도를 따라가지 못하고 있었다.

게다가 혹 상대 타자의 배트에 공이 맞아도 빗맞은 땅볼이라서 오히려 수비를 도와주고 있었다. 5회까지 삼열이 던진 공은 42개밖에 안 될 정도로 일방적인 경기라서 오히려 재미가 없어졌다.

'아, 젠장. 어제 내가 저렇게 던졌어야 했는데.'

존 가일은 삼열의 공을 보며 속으로 중얼거렸다. 어제의 경기도 나쁘지 않았다. 9회 초에 마무리 투수가 3점 홈런을 맞지 않았다면 자신이 승리투수가 되는 경기였다. 아쉽고 또 아쉬웠다. 그랬다면 디비전시리즈는 바로 끝났고 오늘 경기는 하지도 않았을 것이다.

삼열이 공을 잘 던지면 잘 던질수록 관중석에 있는 아만다와 토마스는 신이 났다. 아만다가 일어나 응원을 하자 토마스도 따라서 했다.

그 모습이 간간이 전광판에 나올 때마다 관중은 미소를 지으며 흐뭇하게 지켜보았다.

마운드의 악동 삼열 강이 돕는 아이들! 삼열에게 생명의 빛을 진 아이들. 그리고 더 많은 희망을 갖게 하는 그 환한 모습에 컵스의 팬들은 파워 업 티셔츠를 사는 것을 자랑스러워했다. 컵스의 팬으로서 파워 업 티셔츠를 산다는 것은 아픈 아이들을 돕는 일이기도 했기 때문이다.

삼열은 팬들이 파워 업 티셔츠를 입은 모습을 볼 때마다 입꼬리가 위로 올라갔다. 돈 굴러오는 소리가 들렸기 때문이다.

'호호, 오늘은 티셔츠가 더 나가겠군.'

티셔츠 판매액이 상당하다는 것을 삼열은 알고 있다. 통장을 관리하는 마리아가 이야기를 해줬기 때문이다. 삼열은 이제 부자가 되었기에 여유로운 생활을 해도 되었지만 여전히 탐욕적으로 돈을 벌고 있었다. 그는 돈이 많으면 많을수록 좋다는 듯이 굴었지만 그렇다고 남의 것을 빼앗거나 하지는 않았다.

한 번은 마리아가 '왜 그렇게 많은 돈을 벌어요?' 하고 물었을 때 삼열은 제대로 대답을 하지 못했다. 물론 가족의 행복을 위해 벌지만 그것은 정확한 이유가 아니었다. 별다른 이유는 없고 그냥 습관적으로 돈을 벌고 있었던 것이다.

삼열은 관중석의 많은 사람이 자신의 저지를 입고 있는 것을 보고는 회심의 미소를 지었다. 아직은 버는 것이 쓰는 것보다는 훨씬 더 좋았다.

'메뚜기도 한철이야. 벌 수 있을 때 벌어야지. 나중에 후회해도 소용이 없어.'

삼열의 눈이 $로 변하자 존 가일이 부럽다는 표정으로 바라보았다. 연봉도 많고 부수입이 더 많은 삼열을 볼 때마다 느끼는 것이지만 정말 부러웠다.

* * *

7회까지 2 : 0으로 이기던 컵스의 타선이 8회 말에 터졌다. 로버트가 2점 홈런을 날림으로써 브레이브스의 추격 의지를 완벽하게 침몰시킨 것이다.

장영필 아나운서와 송재진 해설위원은 컵스가 제공해 준 부스에서 편안하게 방송을 하고 있었다.

—로버트 선수, 필요할 때에 홈런이 나왔습니다. 이로써 애틀랜타의 추격은 거의 불가능하게 되었군요.

—그렇습니다. 삼열 선수가 7회 말까지 던진 공은 62개밖에 안 됩니다. 이변이 없다면 아마도 9회까지 삼열 선수가 계속 던질 터인데 투구 수 관리도 굉장히 잘하고 있어요. 이제 2이닝만 더 던지면 되는데 문제없습니다. 삼열 선수는 정규 시즌보다 포스트시즌이 더 빛을 발합니다. 굉장합니다.

—저기, 저 아이들도 무척이나 예쁘지 않습니까?

—하하, 아만다와 로버트라는 어린이인데 모두 강삼열 선수가 판매하는 파워 업 티셔츠의 이익금으로 수술한 아이들인데요. 이 수술 덕분에 생명을 건진 아이들이죠.

송재진과 장영필은 재빨리 삼열의 티셔츠 선전을 해줬다. 그들은 공공연하게 삼열의 티셔츠를 광고해 주곤 했다. 그들이 메이저리그 방송을 계속할 수 있게 된 것도 삼열이 존스타인 사장에게 영향력을 행사해서라는 것을 잘 알고 있었기 때문이다.

그것이 아니라면 경쟁업체에서 중계권을 사려고 뛰어들었을 것이고, 그렇게 되면 중계권료만 올라가고 KBS ESPN이 방송 중계권을 따내지 못했을지도 몰랐다.

—수술을 삼송병원에서 했죠? 저번에 장인어른이 아프셔서 삼송병원에 갔더니 병원 입구에 강삼열 선수의 사진들이 있더군요.

—KBS ESPN의 홍성대 이사께서 병원을 소개시켜 주셨죠. 삼송그룹의 이 회장님께서 강삼열 선수의 팬이라고 하시더군요. 그래서인지 삼송그룹은 한 해도 빠지지 않고 강삼열 선수를 모델로 한 광고를 내보내고 있지요.

—송재진 해설위원님, 이것은 제가 개인적으로 들은 이야기인데요. 작년에 강삼열 선수가 거절한 광고만 해도 모두 200억이 넘는다고 합니다. 정말 엄청나지요?

—하하, 강삼열 선수로서는 그다지 끌리지 않았을 것입니다. 200억에 해당하는 광고 계약이 들어왔다는 것일 뿐 다 찍을 수는 없는 것이지요. 작년의 경우 나이키와 게토레이 등 굵직한 광고를 계약해서 수입은 정말 많았을 것입니다. 올해 컵스가 우승이라도 하면 삼열 선수의 몸값은 상상도 하기 힘들 정도로 폭등할 것입니다.

—말씀드리는 순간 타석에 강삼열 선수가 들어섰습니다. 포즈가 정말 멋지네요.

—삼열 선수 지난 경기에는 안타가 없었지요. 오늘 기대해 봅니다.

삼열은 타석에서 새로 바뀐 존 벤슨을 바라보았다. 올해 브레이브스가 디비전시리즈에 진출할 수 있게 된 이유 중의 하나로 존 벤슨을 꼽는 기자들이 있을 정도로 그의 활약은 대단했다.

그는 올해 132경기 중에서 절반에 해당하는 67경기에 나가 공을 던졌을 정도로 살인적인 스케줄을 소화해 냈다. 컵스의 중간 계투로 가장 뛰어난 에밀리가 42경기에 등판한 것을 보면 그가 얼마나 팀 공헌도가 높은지 알 수 있다.

삼열은 첫 번째 경기에서 최선을 다해 타격에 임하려고 했다가 너무 일찍 승패가 갈리는 바람에 대충 타격을 했는데, 오늘도 별반 다르지 않았다.

점수는 4 : 0으로 앞서고 있지만 이 정도면 안심할 만한 점수였다. 자신이 던지고 있으니 앞으로 많이 실점해 봐야 2점 이하가 될 가능성이 높았다. 그래서 대충 타격을 하고 일찍 들어가려고 했다.

그런데 2사 1, 2루에 주자들이 나가 있어서 삼열은 안타를 쳐야 할 상황이 된 것이다.

'뭐, 홈런이라도 하나 내면 재미있겠지.'

삼열은 배트를 휘두르며 타석에 섰다. 1스트라이크 2볼. 존 벤슨이 포수와 사인을 맞추고 공을 던졌다. 삼열은 공을 보고 힘껏 배트를 휘둘렀다.

오늘따라 유난히 공이 크게 보여 확실하게 안타를 칠 수 있을 것이라는 확신이 들었다. 이런 확신 탓인지 삼열은 자신 있게 스윙을 하였다.

따악!

공이 배트에 맞아 왼쪽 외야 쪽으로 날아가자 데이비드 휀이 공을 쫓아갔다. 그는 공을 쫓아가다가 우뚝 멈췄다. 공이 그대로 펜스를 넘어간 것이다.

깨끗한 홈런이었다. 삼열은 홈런을 치고 나서 기쁘게 1루로 뛰어갔다. 그는 조금 전의 공이 외야 플라이가 될 줄 알았다. 배트에 공이 맞았을 때 약간 빗맞은 느낌이 들었기 때문.

아무튼, 다행이었고 한편으로 운이 좋았다. 바람이 역방향으로 조금만 불었다면 홈런이 되지 못했을 것이다.

"와아!"

"홈런! 홈런이야!"

관중들이 일어나 소리를 지르며 삼열을 축하했다. 순식간에 스코어가 7 : 0이 되어버리자 브레이브스의 감독 챈들러는 경기를 포기하게 되었다. 그뿐만 아니라 선수들도 해보겠다는 의지가 모두 꺾였다.

어제의 승리로 자신감이 조금 생긴 것은 사실이었지만 막상 시합을 해보니 도무지 상대 투수의 공을 공략할 수 없었던 것이다.

게다가 남은 이닝이라고 해봐야 고작 1이닝밖에 남지 않았다. 아무리 야구가 9회 말 투아웃 이후부터라고 하지만 강삼열이 마운드를 지키고 있으니 그런 희망조차 무의미했다.

—아, 삼열 선수 홈런입니다. 하하, 브레이브스의 선수들 맥이 빠지겠는데요.

—저 정도가 되면 선수들은 포기하게 됩니다. 해서 안 되는 것을 직접 몸으로 체감하게 되니까요. 아, 다시 카메라가 꼬마들을 비춰주네요. 아만다와 토마스 무척 기뻐합니다. 아만다의 소원이 나중에 커서 삼열 선수와 결혼하는 것이라고

합니다.

—아, 이게 무슨 일입니까? 삼열 선수의 딸인 줄리아가 아만다와 만나서 이야기를 하는군요.

—줄리아는 엄마와 함께 아만다 양이 수술을 받을 때 갔었죠. 아마 그때 서로 만나서 친해진 것 같네요.

—둘 다 굉장히 귀엽고 깜찍하네요.

삼열이 홈런을 치고 나자 만세를 부르던 줄리아가 가까운 거리에 있던 아만다를 보고는 달려가 이야기를 한 것이다.

"아만다, 이제 몸 괜찮아?"

"응, 너의 아빠가 수술시켜 줘서 다 나았어."

"헤헤, 정말?"

"응, 히히."

둘이 눈을 마주 보고 이상한 웃음을 지었다. 이런 아이들의 모습을 카메라가 연신 찍어 틈이 날 때마다 보여주었다. 그 덕분에 홈경기에 응원하러 올 때마다 마리아를 찍던 카메라가 세 명의 아이들을 담아내느라 정신이 없었다.

"삼열 아저씨가 오늘 경기를 이기게 했어."

금발의 아만다가 큰 눈을 껌벅이며 신이 나 말을 하자 줄리아가 중간에서 말을 받았다.

"응, 아빠가 홈런 쳤어. 아빠가 홈런 쳤어!"

줄리아가 신이 나 말했다.

삼열이 홈런까지 치자 경기는 맥없이 끝나고 말았다. 그가 9회 말에 3개의 아웃 카운트를 잡고 나서 두 손을 번쩍 들고 소리를 지르자 관중들이 자리에서 일어나 기립박수를 쳤다.

박수 소리가 끊어지지 않고 5분이나 계속되었다. 삼열은 동료 선수들과 기쁨을 나누며 1루 쪽 관중석에 있는 마리아에게 다가갔다.

"여보, 축하해요!"

마리아가 삼열에게 다가와 가볍게 키스를 하였다.

"줄리아는?"

"아만다에게 갔어요."

"아~"

복잡한 야구장이지만 아이를 잃어버릴 일은 없다. 이 야구장에만 5명의 보디가드가 있기 때문이다.

"여보, 수고했어요. 당신 오늘 너무 멋졌어요."

마리아가 칭찬하며 길게 입맞춤을 하자 누가 삼열의 다리를 두드렸다. 키스를 멈추고 내려다보니 줄리아가 자신의 다리를 두드리며 고개를 좌우로 흔들었다. 그 옆에는 두 명의 꼬마가 더 있었다.

"하하, 어서 와라."

"안녕하세요, 삼열!"

"안녕하세요, 삼열 아저씨!"

아만다와 토마스 모두 눈을 크게 뜨고 삼열과 마리아를 올려다보았다. 삼열이 줄리아의 손을 잡자 줄리아가 환하게 웃으며 말했다.

"아만다 언니, 우리 집에 놀러 와. 수영장도 있고 돼지도 두 마리 있어."

"와아, 정말?"

"응. 돼지가 조그마해."

"줄리, 제시 이야기도 해야지."

"아냐, 아냐. 제시는 개가 아냐. 내 동생이야."

"뭐?"

토마스가 놀란 듯 눈을 크게 뜨고 반문했고 아만다 역시 이게 무슨 소리냐 하는 듯한 표정을 지었다. 그러나 줄리아는 확고한 어조로 말했다.

"제시는 내 귀여운 동생이야."

마리아가 줄리아의 말을 듣고 고개를 숙이며 차분한 어조로 말한다.

"줄리, 네가 제시를 귀여워하는 것은 알아. 하지만 제시는 사랑스러운 개란다. 네 동생이 아니야."

"응, 응. 내 동생이 아니야. 그럼 언제 내 동생 만들어줄 건데?"

"뭐……?"

"맨날 아빠랑 사랑하잖아. 그런데 내 동생 언제 나와?"

"……."

"……."

삼열과 마리아는 당황스러워서 말이 제대로 나오지 않았다. 확실한 것을 좋아해서 항상 줄리아에게 차분하게 설명을 해주던 마리아도 이 순간만큼은 말을 잊었다.

아만다와 토마스만이 호기심이 어린 눈으로 삼열과 마리아를 바라보았다.

"헤이, 삼열! 감독이 너 빨리 오래. 인터뷰해야 한다고."

로버트가 삼열을 보며 크게 소리를 질렀다. 로버트를 본 줄리아가 웃으며 손을 흔들었다.

"로버트다."

"응, 로버트야. 로버트는 착해. 우리 아빠가 그랬어, 로버트 착한 사람이라고."

"좀 어벙하게 생긴 것 같은데."

"아냐, 아냐. 남자는 생긴 것만 보면 안 된다고 했어. 우리 엄마는 예쁘지만 평범한 얼굴의 아빠랑 결혼해서 나처럼 예쁜 아이가 나온 거야. 남자는 대충 생겨도 돼."

"너네 아빠 대충 생긴 거 아냐. 멋있어."

"음… 그래도 미남은 아니야."

갑자기 꼬맹이 3명이 삼열의 얼굴에 대해 품평회를 시작하자 삼열은 마음이 불편해져서 도망치듯 자리를 벗어났다. 그 모습을 보고 마리아가 손으로 입을 가리며 웃었다.

어려서인지 상대를 앞에 놓고 대놓고 이야기를 하니 뻔뻔한 삼열도 듣기 거북했던 것이다. 평소의 그라면 뭐라고 한마디씩 하겠지만 줄리아가 조금 전에 한 말에 충격을 받은 뒤라 반응속도가 느려졌다.

삼열이 사라지고 나자 마리아가 차분한 어조로 줄리아에게 말했다.

"줄리아!"

"응?"

줄리아는 마리아가 정색하고 말을 하자 또 잔소리를 들을 것 같아 재빠르게 말했다.

"으음, 그래도 아빠는 엄마가 결혼할 정도로 매력적인 남자야."

"맞아요!"

줄리아가 팔짝 뛰고 귀엽게 말하자 눈치가 빠른 아만다와 토마스가 재빨리 대답한다.

"맞아, 삼열 아저씨는 마음도 착하고 성격도 좋아. 그리고 아이를 사랑하는 상냥한 어른이야."

"맞아, 아저씨는 너무너무 멋져. 야구를 잘해. 남자는 야구를 잘해야 해."

마리아도 세 명의 아이가 하는 말을 듣고는 더 이상 야단을 칠 생각이 없어졌다. 그래도 아쉬워서 한마디 했다.

"줄리, 아빠와 결혼한 사람은 엄마란다. 엄마 외에 아빠의 외모에 대해 이야기할 권리는 없단다. 너희도 마찬가지야."

"무, 물론이죠."

"당연해요, 아줌마."

사람들이 빠져나가는 리글리필드의 의자에 다시 앉은 마리아는 낮은 한숨을 내쉬었다. 자신의 남편은 외모가 평범하기는 해도 정말 상냥하고 멋진 남편이다. 그런데 이 꼬맹이들이 뭐라고 하니 기분이 나빠졌다.

너무 어려 야단도 칠 수 없어 마리아는 음료수만 들이켰다.

삼열은 조금 늦게 인터뷰 장소에 도착했다. 그런데 평소와 달리 많은 사람이 와 있었다. 기자들뿐만 아니라 선수들도 거의 참석한 상태였다.

삼열이 도착한 후에도 두 명의 선수가 더 왔지만 기자들의 관심은 오직 감독과 삼열에게 집중되어 있었다.

오늘 경기는 주말 오후에 시작했기에 다른 때와 달리 시간적 여유가 많았다.

기다리던 인터뷰가 시작되었다. 컵스는 3년 연속 플레이오

프에 출전해서인지 인터뷰장의 분위기는 매우 좋았다. 오늘 챔피언십시리즈로 가는 길목에 놓인 장애물을 모두 치웠으니 더욱 그랬다. 제일 먼저 베일 카르도 감독이 입을 열었다.

"오늘 우리는 디비전시리즈를 끝냈습니다. 이제 컵스는 올해 기필코 월드시리즈에 진출할 것입니다. 그러기 위해 먼저 챔피언십시리즈를 성공적으로 통과해야 합니다. 이전과 달리 컵스는 강력한 힘으로 끝까지 밀어붙일 것입니다."

베일 카르도 감독이 확신에 가득 찬 어조로 말했다. 그의 말에 삼열은 자신의 심장이 요동치며 벌렁거리는 것을 느꼈다. 말할 수 없는 묘한 감정이 가슴을 울리며 괜히 울컥해진 것이었다.

슬쩍 다른 선수들의 눈치를 살피니 자신과 별반 다른 것 같지 않자 삼열은 두 주먹을 꽉 쥐었다.

승리를 갈망하는 사람들의 눈초리에 삼열은 감동하였다. 삼열이 처음 컵스에 트레이드되었을 때 구단에 대해 느낀 것은 사람들은 좋은데 패배의식에 사로잡혀 있었다는 것이었다.

삼열은 그런 어둡고 음울한 느낌이 싫었다. 그런데 지금은 어느 누구라도 승리를 갈망하지 않는 사람이 없었다. 그때 컵스를 짓누르던 열등감과 패배감 따위는 조금도 찾아볼 수 없다. 오직 할 수 있다는 강한 자신감이 컵스의 선수와 감독, 코칭스태프에게 가득했다. 그런 모습을 본 삼열은 반드시 올해 우승을 해야겠다는 결심을 다시 한 번 하게 되었다.

삼열이 인터뷰할 차례가 왔다. 삼열은 오늘 최우수 선수로도 선정되었다. 완봉승에 이어 타격에서 3점 홈런을 쳤으니 팬들과 기자들에게 깊은 인상을 남겼던 것이다.

—저는 CNN의 찰스 딕컬리 기자입니다. 삼열 강 선수, 먼저 승리투수가 되신 것을 축하합니다. 간단한 소감 한 말씀 부탁드리고 컵스가 올해 우승을 할 수 있을지에 대하여 말씀해 주시기를 부탁합니다.

"먼저 우리가 이겨서 기분이 좋습니다. 올해 우리 컵스가 우승했으면 좋겠습니다. 그리고 앞으로 컵스가 8경기를 이기게 된다면, 저는 이벤트의 하나로 1천만 달러의 돈을 파워 업 티셔츠에 기부해서 더 많은 아이가 수술을 받을 수 있게 하겠습니다."

—헉, 1천만 달러를 기부한다고요?

찰스 디컬리 기자가 너무 놀라 반문을 하자 삼열은 재빠르게 자신의 의도를 홍보하였다. 기회란 항상 있는 것이 아니니까.

"아픈 아이들이 있다고 그들 모두 다 수술을 해줄 수는 없습니다. 다행스럽게도 팬들이 티셔츠를 많이 사주셔서 이제까지 5명의 어린이를 치료시킬 수 있었습니다. 처음 이 일을 시작했을 때보다 수술하는 데 더 많은 돈이 들어갔습니다. 그래서 병을 고쳐주고 싶어도 해주지 못하는 아이들이 너무나 많습니다."

삼열의 말에 사람들은 상당한 충격을 받은 듯했다. 몇 만 달러도 아니고 무려 1천만 달러라니! 사람들은 인터뷰하는 자리에서 입을 벌리고 삼열을 바라보았다.

삼열은 원래 통 크게 한번 하는 것을 좋아했다. 조금씩 찔끔찔끔 기부하면 모양새도 빠지고 사람들은 기억도 잘하지 못한다. 하려면 사람들에게 강렬한 인상을 남겨야 한다.

삼열은 얼마 전에 마리아가 왜 돈을 버느냐고 물어봤을 때 대답을 하지 못한 것을 기억했다.

누가 기부하라고 강요하는 것도 아니고, 왼손이 한 일을 오른손이 모르게 해야 정상인데 삼열은 그런 겸손이 싫었다. 그가 생각하는 선행은 무조건 생색을 내는 것이다. 아까운 돈을 쓰지 않고 다른 사람들을 위해 주는 것이라 고맙다는 소리라도 들어야 한다고 생각했기 때문이다.

자신은 결코 천사가 아니다. 도움을 받고서도 고마움을 모르는 파렴치한 사람들에게 돈을 쓰고 싶은 마음은 단 1%도 없었다. 비록 그 대상이 아이들이라고 해도 별반 다르지 않았다.

돈, 재물이 있는 곳에 마음이 있는 것이다. 남을 위해 돈을 쓰는 것은 고귀한 행위이다. 마땅히 사람들에게 존경받아도 된다. 어려운 남을 위해 돈을 쓰는 것은 그만한 가치가 있는 일이니까.

삼열의 입장에서는 쓰고 싶은 것, 먹고 싶은 것을 절약해서 기부하는 것인데 사람들이 알아주지 않는다면 너무 억울할 것 같았다.

사실 삼열이 이렇게 말한 것에는 나름의 노림수가 있었다. 이렇게 크게 기부를 하게 되면 대중들에게 자신의 이미지가 아주 많이 좋아지게 될 것이다. 그렇게 되면 앞으로 많은 광고 계약을 할 수 있게 된다. 그뿐만 아니라 광고 계약의 단가도 올라가게 된다. 세금이나 기타 등등을 따져 봐도 생색을 좀 내면서 기부를 하는 게 여러모로 이익이었다.

실력도 없으면서 기부만 한다면 사람들이 좋지 않게 보지만 많이 버는 놈은 한 번쯤 이렇게 질러줘야 앞에서 돈 벌어서 어디다 쓰느냐는 말을 듣지 않게 된다.

사실 천만 달러를 기부하겠다는 생각은 조금 전 딸 줄리아가 아만다와 토마스와 함께 다정한 모습으로 놀았을 때 결심한 것이다.

자신의 외모를 녀석들이 놀렸을 때 조금 화가 나기도 했지만 이렇게 귀여운 녀석들과 떠들고 웃는 딸을 보니 말할 수 없는 감동을 느낄 수 있었다. 딸이 아빠를 자랑스러워하는 표정을 보니 돈 따위는 아무것도 아니었다.

'뭐, 어디까지나 우승을 하면 낸다고 한 것이었으니. 흐흐흐.'

삼열은 흐뭇하게 웃었다. 우승하지 못하게 되면 내지 않아도 되는 것이다.

—앞으로 8승이면 월드시리즈 우승을 의미하는데요, 그렇게 되면 1천만 달러를 기부하겠다는 말인가요? 만약 우승하지 못하게 되면 어떻게 되나요?

"당연히 기부하지 않을 것입니다. 이것은 하나의 이벤트입니다. 하지만 돈이 아깝다고 일부로 지거나 하지 않을 것입니다. 월드시리즈 우승은 제 개인적으로도 1천만 달러 그 이상의 가치가 있습니다. 그러므로 저는 꼭 우승해서 돈을 기부하고 싶습니다."

기자들은 고개를 끄덕였다. 이런 조건부 기부행사는 메이저리그에 상당히 많았다.

홈런을 치거나 안타를 때릴 때 팬들과 함께 자선기금을 내는 선수들이 적지 않았다. 하지만 누구도 삼열처럼 큰돈을 한꺼번에 기부하지는 않았다. 가진 자는 더 가지려고 움켜쥐는 속성이 있어 인색해지기 쉽다. 하지만 삼열은 더 벌기 위해 투자를 하는 것이다.

삼열은 사람들의 관심을 받으며 속으로 음흉하게 웃었다. 만약 우승하게 된다면 자기에게 붙는 광고가 장난이 아니게 많을 것이다. 투자한 돈을 빼고도 남을 것이다.

"이봐, 진정해. 왜 그런 큰돈을 내려는 거야?"

레리 핀처가 작은 소리로 삼열에게 말했다. 그도 고액 연봉자였지만 이렇게 큰 이벤트는 해본 적은 없었다. 그래서 걱정하는 목소리로 삼열에게 말한 것이다.

"판을 키워야죠."

"왜? 키워서 먹게?"

"빙고!"

"음, 이번 월드시리즈는 재미있어지겠네?"

"내가 아니라도 월드시리즈는 원래 재미있어요."

삼열의 말에 레리 핀처가 삼열의 머리를 가볍게 톡하고 쳤다. 이미 인터뷰는 종반을 향해 달리고 있었다. 사실 삼열이 기부 이야기를 한 이유는 체계적으로 아이들을 돌보기 위해서는 지금같이 주먹구구식으로 해서는 곤란하다는 생각을 평소에 했기 때문이다.

에이전트사가 도와주어도 야구선수인 자신이 아이들을 수술해 주고 돌봐주는 데에 많은 어려움을 느꼈다. 누구를 선택하고 어떻게 도와줄지를 결정하는 것은 삼열의 성격에 맞지 않았다. 그래서 비영리재단을 하나 만들면 어떨까 하고 생각을 하고 있었다.

아이들에게 수술을 시켜주는 것도 중요하지만 수술 후의

후속 조치도 그에 못지않게 중요하였다. 수술 후의 후속치료와 적절한 영양 공급은 한창 자라나는 아이들에게 꼭 필요한 일이다. 그런데 지금의 시스템으로는 아이들을 수술시켜주는 것만으로도 벅찼다.

삼열은 집에 와서 마리아에게 인터뷰 내용을 이야기했더니 잘했다는 한마디 말 외에는 별다른 말이 없었다. 삼열은 자신이 의논하지 않고 인터뷰를 해서 마리아가 섭섭하게 생각할 줄 알았다. 그래서 마리아의 옆에서 얼쩡거리자 마리아가 웃으며 말했다.

"여보, 안 그래도 돼요."

"응……?"

"내 눈치 안 봐도 돼요. 당신이 번 돈이고 제가 늘 좋은 일에 돈을 쓰자고 했잖아요. 저도 평소에 아이들 수술을 해준 후에 후속 조치가 조금 미비하다고 생각을 하고 있었어요. 그런데… 당신, 뭐 있죠? 당신이 남에게 이렇게 돈을 막 쓸 사람이 아닌데 말이죠."

삼열은 마리아의 말에 뜨끔했다. 사실 올해 광고료가 1천만 달러 정도 들어온다. 이미지 관리를 해놓으면 내년에는 더 많은 광고를 촬영할 수 있을 것으로 은근히 생각하고 있었던 것이다. 레리 핀처에게 말했듯이 키워서 잡아먹으려는 것이다.

삼열은 타이거 우즈가 부러웠다. 우즈가 골프로 한 해 2천만 달러의 돈을 번다면 광고 계약으로는 7천만 달러를 번다.

골프가 스타 마케팅을 하기가 좋은 종목이라는 것을 감안해도 다른 스포츠 종목과 차이가 너무 많이 나는 것은 역시 우즈라는 막강 캐릭터에 그 이유가 있다고 보았다. 독보적 존재.

우즈만큼 벌기 위해서 자신이 우즈만큼의 가치를 가지는 캐릭터를 만들어야 한다. 캐릭터는 곧 돈이다.

삼열의 목표는 연봉보다 더 많은 광고료를 받는 것이다. 자신이 우즈보다 못한 것이 없으니 불가능하지 않다고 보았다. 그렇다면 삼열은 자신의 가치를 높여야 했다.

이미지를 높이는 데는 역시 돈이 최고다. 그리고 돈이 투자된 만큼 뽑으면 된다.

삼열은 의혹의 눈으로 바라보는 마리아의 눈길이 부담스러워 옆에서 돌아다니는 돼지를 발로 슬쩍 밀었다.

"꿀꿀."

돼지 한나가 왜 시비를 거느냐는 눈빛으로 삼열을 바라보았다. 자신이 잘못한 것이 없기 때문이다. 삼열은 그런 돼지의 눈길을 받고는 돼지 주제에 건방지다고 생각했다.

'작아서 먹지도 못하는 놈.'

덩치가 큰 제시는 항상 몸을 사린다. 물론 딸이 좋아하는 개를 잡아먹을 생각을 하는 것은 아니지만 돼지를 키우는 것은 여전히 내키지 않는다.

'이참에 둘째를 가져?'

삼열이 뜨거운 눈빛을 보내자 마리아가 얼굴을 붉히고 주방으로 갔다. 아직 줄리아가 거실에서 제시와 씨름을 하며 뒹굴고 있었기 때문이다.

*　　　*　　　*

챔피언십시리즈는 2일의 여유가 있었다. 디비전시리즈가 4차전에서 끝났기에 하루를 벌었고, 하루 쉬고 챔피언십시리즈를 하기에 2일의 여유가 생긴 것이다.

LA다저스와 워싱턴 내셔널스 팀의 승자와 리글리필드에서 겨루게 된다. 첫 시합이 홈경기라 컵스는 조금 여유가 있는 편이었다. 두 팀보다 컵스의 승수가 많기 때문이다. 상대하는 팀과 비교를 해서 승수가 많은 팀이 1, 2차전과 6, 7차전을 홈팀이 되어 치른다.

줄리아가 놀다가 중간에 잠이 오는지 칭얼거렸다. 그러자 마리아가 줄리아를 방으로 데리고 가서 재웠다. 줄리아가 방에 들어가자 제시와 돼지 2마리도 따라 들어갔다. 삼열은 잠든 딸의 얼굴을 보고 미소를 지었다. 아무리 봐도 예쁜 딸이다.

삼열은 거실로 나와 커피를 만들어 마셨다. 약간의 피곤함이 커피에 담긴 카페인에 의해 날아가는 듯했다.

"커피 마셔요?"

"응. 자기도 한잔 만들어줘?"

"네. 좋아요, 여보!"

삼열은 줄리아를 재우고 온 마리아에게 커피를 내려줬다. 맑은 밤색의 커피물이 잔에 가득하자 마리아가 나직하게 한숨을 내쉬며 커피를 한 모금 마신다.

"힘들어?"

"아뇨. 그냥, 요즘 한숨이 가끔 저절로 나와요."

"너무 집에만 있어서 그런 거 아냐?"

"…그런가요?"

마리아가 삼열을 보며 혀를 살짝 내밀고는 귀엽게 말했다.

"목욕해요. 물 받아놓을게요."

"같이할 거지?"

"몰라요."

얼굴을 살짝 붉히고 욕실로 가는 것을 보며 삼열은 피식 웃었다. 요즘 마리아가 처녀 때보다 더 귀여워진 것 같아 삼열은 기분이 좋았다. 커피를 다 먹고 삼열은 탁자에 잔을 올려

놓았다.

"목욕물 다 되었어요."

"응, 갈게."

삼열은 욕실 앞에 있는 마리아를 손으로 잡아끌고는 같이 들어갔다.

옷을 벗고 욕조에 들어가니 따뜻한 물이 노곤한 몸의 감각을 일깨워주고 있었다. 마리아도 욕조에 들어와 삼열의 옆에 기대어 왔다. 삼열은 가볍게 마리아의 이마에 입을 맞추고는 늘씬한 다리를 쓰다듬었다. 대저택답게 욕조의 크기도 커서 이전의 집에서 하지 못했던 목욕을 함께할 수 있게 된 점은 좋았다.

삼열은 눈을 감고 따뜻한 물의 촉감을 즐겼다.

"나는 당신이 다른 사람을 위해 무엇인가 하는 것이 좋아요. 당신이 다른 목적이 있다고 하더라도 말이죠."

삼열은 마리아의 말에 얼굴이 붉어졌다.

심리학을 전공한 아내를 속이는 것은 정말 쉽지가 않다. 무엇을 이야기해도 그 말에 담긴 깊은 의미를 쉽게 유추해 내니까.

그동안 그가 한 행동과 말들이 하나의 퍼즐처럼 뭉치고 얽혀 새로운 의미를 만들어낸다. 그래서 삼열은 마리아를 속일 수가 없었다. 하지만 뻔뻔하게 더 많은 돈을 벌기 위해 기부금을 낸다고 말하기에는 문제가 있어 보여 말을 하지 않았다.

언제쯤 돈에 대한 탐욕이 멈춰질지 알 수 없다.

아버지가 남겨주신 재산이 작은아버지의 사기로 날아가고 연금으로 겨우 먹고 살았을 때, 햄과 김과 김치로만 밥을 먹던 그 시절에 비해서는 말할 수 없을 정도로 부자가 되었다. 그런데도 여전히 배가 고팠다. 그리고 돈이 어떻게 하면 더 많이 벌릴지 눈에 저절로 보였다.

메이저리그 최고의 투수, 27승 2패의 뛰어난 성적. 그리고 아이들을 사랑하고 돕는 꽤 멋진 이미지를 가진 캐릭터는 더 많은 돈을 벌 수 있게 해줄 것 같았다.

'뭐, 어때. 내 욕심 덕에 더 많은 아이들이 새 생명을 얻을 수 있다면 좋은 거지. 내가 종교를 가진 것도 아니고. 또 예수나 공자도 아니고. 뭐 정 걸리면 나도 죽기 전에 워렌 버펫처럼 사회에 환원한다고 하면 되겠지. 물론 그럴 일은 없겠지만……'

"뭘 그렇게 골똘히 생각해요?"

"아, 어떻게 하면 좋을까 생각 중이었어. 기부금을 조성해서 비영리재단을 만든다면 어떻게 직원을 뽑고 운영을 할지 말이야."

"마리아나의 아버지 스티브 맥클린 씨는 어때요?"

"아, 그 사람이라면 나는 좋아. 그런데 그는 아마 다시 월가로 돌아가지 않았을까?"

"그거야 모르죠."

삼열은 예쁜 마리아나의 얼굴을 기억했다. 죽으면서도 아빠를 걱정했던 천사 같은 마음을 가진 예쁜 소녀, 그리고 그의 아버지 스티브 맥클린 씨.

마리아의 말대로 그가 이 일에 합류해 준다면 고마울 것이다. 정말 이런 일에는 유능하면서도 사심 없는 관리인이 필요하다. 아픈 아이들을 고쳐주는 일에 사명감이 있는 사람 말이다.

그러기 위해서는 아파본 사람이나 아픈 가족이 있었다면 좋을 것이다. 그런 사람이라면 적어도 아픈 사람들을 등쳐 먹을 일은 하지 않을 터이니 말이다.

삼열이 마리아의 얼굴에 키스하자 마리아가 빙그레 웃었다. 격정적인 시간이 지나가고 삼열이 욕조에 기대었다.

"이제 솔직히 말해 봐요. 당신 왜 그런 말을 한 거죠?"

"응?"

"천만 달러 기부한다는 거요."

"그냥, 아이들을 보고 있으려니 더 좋은 사람이 되고 싶어졌어."

삼열의 대답에 마리아는 빙그레 웃었다. 아빠가 된다는 것은 더 좋은 사람이 되고 싶어진다는 것과 같은 말이다. 딸에게 멋진 아빠로 보이고 싶어지니까.

마리아는 자기와 상의 없이 그런 결정을 내린 것에 대해 따질까 하다가 그냥 웃고 말았다.

심리학자로서 볼 때 삼열은 이유 없는 선행을 할 사람이 아니기 때문이다. 그리고 인터뷰에서 그가 한 말은 아마도 즉흥적인 생각이었을 것이 틀림없었다. 그렇지 않다면 자기에게 먼저 말을 했을 것이다.

"다음부터는 이런 결정을 하게 될 때면 당신에게 먼저 이야기할게."

"꼭 그래야 해요."

사소한 오해에서 불신이 싹이 트는 것이라는 사실을 누구보다 잘 알고 있는 마리아는 부부 사이의 결정에는 합의가 꼭 있어야 한다고 생각했다. 그녀가 읽은 그 많은 인문 고전 분야의 책들이 인간에 대한 통찰을 가져다주었기 때문이다.

인간 사회의 불행은 사실 따지고 보면 아주 작은 것, 즉 배려의 부족에서 오는 것이 대부분이며, 그것은 인간의 욕심에서 오는 것이다. 어느 누구라도 음모와 타락으로 시작하는 경우는 드물다. 대부분 시작은 선하게 진행된다.

성경에서 말하는 인간의 타락도 고작 과일 하나를 따먹고 시작된 것이 아닌가.

신은 인간이 자신의 말을 어긴 것에 분노하지만, 인간에게는 그것은 단지 작은 과일 하나를 따먹은 작은 행동일 뿐이다. 서로 입장이 다르기에 오해와 갈등이 생기는 것이다. 오해와 갈등을 만들지 않는 것은 서로에 대한 신뢰다.

인간에게 발생하는 오해는 대부분 이와 같은 것이다. 남녀가 살면서 왜 이렇게 하찮은 것에 화를 내냐고 하겠지만 상대에게는 그것이 하찮은 것이 아니다. 마리아는 이런 것을 이미 알고 있었다. 인간의 불행은 결코 의도하지 않는 경박함과 의심에서 비롯된다는 것을, 여자로서 이런 것을 참기는 쉽지 않지만 의도적이지 않은 실수에 반응할 정도로 그녀의 공부가 뒤떨어지지 않았다.

마리아는 삼열의 입술을 손으로 더듬었다. 눈을 감고 있던 삼열이 마리아를 와락 껴안았다.

"여보, 안 돼요."

"왜 안 돼. 우리 다시 한 번 하자고."

도망가려는 마리아를 끌어안고 키스를 하자 오히려 이번에는 마리아가 적극적으로 움직였다. 마치 안 된다고 한 게 거짓말인 것처럼 말이다.

밤은 깊어가고 시간은 흘러갔다. 인간들도 세상도 지구가 자전하는 만큼의 시간이 흘러가고 있었다. 삼열이 눈을 떴을 때 세상은 그가 한 말로 인해 아침부터 시끄럽게 들썩이고 있었다.

삼열은 눈을 떴을 때, 아니 TV를 틀고 인터넷 검색을 했을 때 세상이 달라진 것을 알아차렸다. 온갖 매체가 삼열과 컵스에 대해서 이야기하기 시작했다.

—컵스 챔피언십시리즈로 가다. 컵스의 우승, 삼열 강이 1천만 달러를 기부하겠다고 함. 「뉴욕 타임지」

—컵스 과연 월드시리즈 우승을 할 수 있을까? 삼열 강에게 묻다. 「시카고 트리뷴」

—통 큰 삼열 강, 우승 시 1천만 달러를 아이들을 위해 기부 약속! 「월스트리트 저널」

—메이저리그의 기부 문화, 삼열 강에게 배우다. 「워싱턴 포스트」

—삼열 강, 1천 달러 기부 약속! 3억 7천8백만 달러의 연봉자 팀 쿡은 무엇을 하고 있나? 「뉴스위크」

삼열은 신문과 TV에서 나오는 뉴스를 보고 들으며 회심의 미소를 지었다. 역시 통 크게 지르니 효과가 컸다. 평소에 삼열이 메이저리그 구단들의 탐욕에 대해 이야기해도 들은 척도 안 하던 언론들이 1천만 달러를 기부한다고 하자 크게 다뤄주고 있었다.

'기부 천사의 이미지로는 큰돈을 벌 수 없어. 이미지가 좋

아지기 시작하면 다른 작업들이 필요해.'

삼열은 이렇게 해서 자신도 돈을 벌고 아이들도 많이 수술을 받을 수 있으면 좋겠다고 생각했다.

우즈와 같이 높은 브랜드 가치가 자기에게도 있게 만드는 작업이 필요했다. 그의 천재적인 머리가 돌아가자 자세한 계획표가 즉시 작성되었다.

첫 번째 삼열이 해야 할 일은 전국적인 이미지를 가지는 것이다. 타이거 우즈가 추문에도 광고 계약으로 7천만 달러를 벌 수 있는 것은 그의 높은 지명도 때문이다. 골프에서 그를 능가할 만한 상품성을 가진 사람은 별로 없다. 미국인이 야구를 좋아하기는 하지만 미식축구와 농구, 그리고 골프를 따라가기는 힘들다.

야구를 잘한다고 저절로 높은 브랜드를 가지는 것이 아니다. 우즈도 골프 하나만 잘해서 잘된 것은 아니다. 쉽게 말해 스타성이 있었기에 뜬 것이다. 어릴 때부터 천재라는 이미지, 독보적 위치. 이런 것들을 먼저 확보해야 한다.

대중성을 확보하지 못하면 아무리 야구를 잘해도 브랜드 가치는 바닥이기 때문이다.

타이 콥은 항상 자신이 베이브 루스보다 더 뛰어난 선수라고 생각했다. 하지만 사람들은 베이브 루스에 열광했다. 사람들은 까칠하고 거만한 그라운드의 무법자보다는 시원한 홈런을 날려주는 루스가 더 좋았던 것이다. 인기란, 브랜드 가치란 실력보다는 대중의 욕망에 의해서 만들어지는 것이다.

삼열은 막상 큰돈을 벌어서 무엇을 할까 생각을 했지만 마땅히 떠오르는 것이 하나도 없었다. 하지만 메뚜기도 한철이라 잘나갈 때 당기기는 해야겠는데 혹여 너무 많은 돈 때문에 자신의 삶이 변하지 않기를 그는 진심으로 원했다.

'뭐, 현명한 마리아가 돈 관리를 잘하겠지.'

삼열은 미소를 지으며 뉴스를 보았다.

1천만 달러를 기부한다는 것은 결코 쉬운 일이 아니다. 하지만 이제는 되었다. 악동의 이미지에서 어린이를 사랑하는 선수로, 그리고 메이저리그 최고 투수라는 것이 결합하면 올해 말에 투자하게 되는 돈의 몇 배는 뽑을 것이라는 생각이 들었다.

'음하하하.'

삼열이 음흉하게 웃고 있는데 줄리아가 달려와 머리를 배에 박았다. 앗, 하는 순간 삼열이 넘어졌는데 줄리아가 삼열의 배 위에서 헤헤헤, 하고 웃는다.

"너, 이 녀석. 조심해야지."

"아빠, 아빠! 나랑 놀아줘. 응, 응?"

"응, 그래. 우리 공주님이 원하면 같이 놀아야지. 우리 돼지 잡기 놀이 할까?"

"응, 좋아!"

삼열의 말이 끝나기도 전에 눈치를 챈 두 마리의 돼지가 탁자 밑으로 들어가 나오지를 않았다. 줄리아와 삼열이 탁자 밑으로 들어가자 재빠르게 다른 곳으로 도망갔다. 돼지가 너무 작아 잡기가 쉽지 않았다.

"줄리아, 다른 놀이 하자."

"응응."

삼열은 줄리아의 손을 잡고 정원으로 나왔다. 정원의 나무들이 바람에 흔들거리고 줄리아가 뛰자 제시가 '왕!' 하고 짖으며 뒤따라갔다. 돼지들도 눈치를 살피며 정원으로 나왔다.

나무들 사이를 뛰느라 정신이 없는 줄리아는 삼열을 잊었다. 줄리아는 뛰는 것을 너무나 좋아했다. 새들의 소리를 들으며 삼열은 줄리아와 제시가 뛰는 것을 지켜보았다. 그 뒤를 안나와 한나가 졸랑졸랑 따라갔다.

삼열은 줄리아가 뛰는 것을 지켜보며 조금 뛰어보았다. 왕왕, 꿀꿀, 헤헤헤, 웃는 소리가 정원에 가득했다.

삼열은 줄리아와 같이 시간을 보낸 후 오후에는 연습장으로 나와 몸을 풀었다. 아침에 일어났을 때부터 몸의 상태는 무척이나 좋았다. 챔피언십시리즈에서 맞붙을 상대 팀이 오늘 결정되기에 삼열은 연습하면서도 상대 팀이 어디일지 궁금했다.

"헤이, 삼열!"

옆에서 연습하던 로버트가 삼열의 어깨를 치며 친한 척을 했다.

"야, 근데 너 정말 1천만 달러 낼 거야?"

"물론이지."

"와우, 멋쟁이. 하긴 너는 돈을 많이 버니까!"

로버트는 풀타임 메이저리거로 5년차가 되어 올해 700만 달러를 받고 있다. 물론 삼열의 연봉보다야 적지만, 적지 않은 돈을 받고 있는 그가 삼열을 부럽다는 표정으로 바라보았다.

삼열의 올해 연봉은 1천5백만 달러. 사이드옵션이 700만 달러라 거의 특급 대우를 받고 있었다. 올해 삼열은 사이드옵션을 모두 받았다. 도합 2천2백만 달러.

메이저리그에는 개성이 많은 선수가 너무 많다 보니 CF 광고 계약을 하는 선수가 많지 않았다. 그러니 항상 많은 광고를 찍는 삼열이 로버트는 부러울 수밖에 없었다.

"하이, 삼열. 너 정말 천만 달러 낼 거야?"

이번에는 벅 쇼가 와서 묻는다. 삼열은 말도 귀찮아 고개만 끄덕이고는 한쪽으로 가서 공을 던졌다.

천천히 공을 던지며 삼열은 시간을 보냈다.

한국 돈으로는 110억의 돈을 기부금으로 낸다고 하니 주위에서 정말이냐고 묻는 것은 당연한 일이었다.

정작 기부금을 내야 할 부자들은 입을 닫고 있었다. 한 해에만 4천3백억의 연봉을 받는 팀 쿡이 유난히 조용했다. 그는 그나마 스티브 잡스보다 기부에 전향적인 자세를 가졌을 뿐 별로 다르지는 않았다. 팀 쿡이 한 것이라고는 자선프로그램을 만들어 직원들이 기부하면 회사가 그에 상응하는 금액을 같이 기부하는 것뿐이었다.

삼열도 부자지만 진짜 부자들에 비하면 별거 아니다. 그러니 삼열의 발언에 비웃는 사람이 많았다. 당장 메이저리그의 고액 연봉자들의 반응도 그다지 좋지 못했다. 미국의 기부 문화는 조금씩 매년 꾸준히 하는 것이지 삼열이처럼 이벤트성으로 하는 경우는 별로 없기 때문이다.

'이것들이 키워서 잡아먹는다는 개념을 모르네. 그러니 야구선수들에게 스폰서 광고가 안 붙는 것이지.'

삼열은 연습하면서도 피식 웃었다. 사람들의 관심이 어느 정도 쏠릴 줄은 알았지만 이렇게 폭발적으로 관심을 가질 줄은 생각하지도 못했다. 역시 질러도 크게 질러야 표가 확실하게 나는 법이다. 게다가 우승을 하지 못하면 내지 않아도 누가 뭐라 하지 않는다.

일부 비판자들이 조건부 기부가 뭐냐 하고 말하지 않는 것은 아니었다. 하지만 미국 사회 자체가 다양한 내용의 기부가 가능하기에 그런 의견은 힘을 받지 못했다. 내 돈 내고 내가 하겠다는데 시비 거는 놈 자체가 이상한 것이다.

오후 3시쯤에 샘 잭슨 투수 코치가 삼열에게 다가왔다.

“삼열, 몸은 좀 어떤가?”

“좋습니다.”

“흐음, 1차전에 던질 수 있겠는가?”

“문제없어요.”

“흐음, 내일 가벼운 메디컬 체크를 해보세. 의료진의 진단에 문제가 없다면 15일 개막전에 던지도록 하고.”

“그러죠.”

삼열은 고개를 끄덕였다. 아마도 샘 잭슨 투수 코치는 삼열의 상태가 염려스러운 것 같았다. 그러나 홈 1차전 경기에서 에이스인 그가 나가서 확실하게 승부를 내주기를 바랐다. 1차전에서 승리를 하면 그만큼 여유를 가지고 경기를 시작할 수 있으니 당연한 일이었다.

샘 잭슨 투수 코치가 가고 난 후 삼열은 오른손으로 바꿔 공을 던지기 시작했다. 오른쪽의 어깨는 싱싱함 그 자체였다. 2년 동안 공을 던지지 않아 충분히 쉬었고, 틈틈이 훈련해서 언제 던져도 괜찮을 정도의 상태가 되었다.

‘우승, 까짓것 해주지, 뭐.’

삼열은 아무리 야구가 9명이 하는 경기이지만 자신이 최소한 두 사람의 몫은 할 수 있을 것으로 보았다. 시즌 막판에 쉬어준 것이 이럴 때는 확실히 도움이 되긴 했다.

5차전을 모두 치르고 오는 상대 팀과는 달리 4차전에서 승부를 본 컵스는 한결 여유가 있었다. 게다가 4경기 중에서 2경기를 삼열이 완투해 주었기에 중간 계투들은 충분히 쉴 수 있었다.

'가자, 승리를 향해!'

삼열은 가슴을 펴고 날아가는 공을 바라보았다. 공이 빠르고 날카롭게 날아가 피칭백에 꽂혔다.

3. 챔피언시리즈

삼열은 흥분되었다. 챔피언십시리즈는 비록 두 번째지만 그때는 맥없이 무너지고 말았다. 그러나 지금의 컵스는 그렇지 않다. 예전의 컵스는 디비전시리즈에 오면 항상 체력 고갈로 제대로 경기를 치를 수도 없었다. 하지만 지금의 컵스는 선수들도 많이 보충되었고, 또한 한 경기를 적게 해서 체력적으로도 우위에 있다.

'가자, 1천만 달러!'

삼열은 미소를 지으며 계속 공을 던졌다. 옆에 있던 로버트가 다가와 박수를 쳤다.

"와우! 오른손이 완전히 부활했군."

로버트와 몇몇 선수들은 삼열이 가끔 오른손으로 공을 던지는 것을 알고 있었다. 하지만 그때는 삼열이 재활 훈련의 일종이라고 둘러대었었다. 하지만 본격적으로 던지자 로버트가 알아차리고 말았다.

"뭐가?"

조금 떨어진 곳에서 배트를 휘두르고 있던 레리 핀처가 다가왔다.

"이 녀석이 오른손으로 던지고 있어."

"정말? 믿을 수 없는데."

레리 핀처는 로버트의 말을 듣고 삼열이 던지는 것을 보고는 소리를 질렀다.

"오, 마이 갓! 스크루볼 아냐?"

노련한 레리 핀처가 한동안 삼열의 공을 지켜보다가 소리를 질렀다.

스크루볼은 역회전 커브볼로 우투수가 던질 경우 타자의 안쪽으로 파고드는 공이다. 커브와 같이 던진다면 타자가 적응할 수 없는 마구다. 주로 좌완투수가 우타자를 상대할 때 던지는 공이긴 하지만, 우완투수가 던지면 좌타자의 바깥쪽으로 휘어져 들어간다.

스크루볼은 그립을 어떻게 잡아 팔목을 비틀어 던지느냐에 따라 회전의 각도가 달라진다. 그립은 일반적으로는 투심 패스트볼을 잡는 것과 비슷하다. 포인트는 팔과 손목의 회전이기 때문에 다양한 각도의 공을 던질 수 있게 된다.

칼 허벨은 스크루볼로 메이저리그 최고 기록인 24연승과 18이닝 완봉승을 거뒀다. 좌투수였던 칼 허벨이 스크루볼을 세 가지로 조절할 수 있게 된 후 베이브 루스, 루 게릭, 지미 팍스와 같은 당대의 최고 타자들까지 속수무책으로 그에게 당했다. 스크루볼은 우완투수가 껄끄럽게 여기는 좌타자를 상대할 때 최고의 공인 것이다.

"와우, 이 자식, 미쳤구나!"

레리 핀처가 나이도 잊은 채 그 자리에서 팔짝 뛰며 공을 던지는 삼열을 안았다.

"에이, 저리 비켜요. 징그럽게 남자가 이 무슨 애정 표현을?"

"뭐? 이 자식, 받아라!"

삼열의 말에 장난기가 발동한 레리 핀처가 삼열의 뺨에 키스를 해대자 삼열이 기겁하며 도망갔다. 그제야 로버트가 눈치를 챈 듯 '와우, 와우!'를 연달아 외쳤다.

오늘은 연습장에 사람이 많이 없었다. 디비전시리즈가 끝나자 모두들 집에서 쉬고 있던 것이다. 지금은 쉬는 것이 연습하는 것보다 더 중요했다. 체력이 가장 중요한 시점이 되었기 때문이다.

그래서 연습장에 나온 선수들조차 회복 훈련을 주로 하고는 가볍게 스트레칭으로 몸을 풀고 있었다.

"그거죠?"

로버트의 말에 레리 핀처가 '맞아, 그거야.' 한다. 로버트가 '와우, 대단한데요.' 하고 말하자 삼열이 다시 돌아와 두 사람을 보며 말했다.

"아직 완전하지 않아서 당분간 비밀이에요."

"물론이지. 하하! 네가 오른손으로 던지면 세상에는 어떤 일이 벌어질까?"

레리 핀처가 장난스럽게 웃으며 말했다. 올해를 끝으로 은퇴하게 될 것이 유력한 레리 핀처에게 삼열의 오른손의 부활은 그야말로 희소식이었다.

체력적으로만 무리가 없다면 좌, 우완을 번갈아 가면서 등판할 수 있기 때문이다. 단기전에서는 격일로 등판도 가능하다.

"너, 죽인다. 말도 안 돼. 젠장, 천재에게 이 무슨 말도 안 되는 상황이란 말인가. 이것은 부자에게 돈다발이 하늘에서 떨어지는 것과 같은 말이야."

로버트는 두 손으로 머리를 부여잡으며 괴로워했다. 훈련 라이벌이라고 믿어왔던 삼열이 이전보다 더 막강하게 변해버리자 어이가 없는지 '맙소사!'를 연발했다. 그도 같은 팀의 삼열이 새롭게 오른손으로 던질 수 있게 된 것은 반갑지만 그래도 이것은 너무했다는 생각이다.

삼열이 오른손으로 공을 던졌을 때 간간이 스크루볼을 섞어 던졌고 제구가 안 된 밋밋한 공은 홈런을 많이 맞았었다. 그래서 샘 잭슨 투수 코치를 빼고는 구단의 어느 누구도 삼열이 스크루볼을 던지는지 몰랐다. 심지어 포수인 칼스버그도 단순히 커브를 던질 때 브레이킹이 제대로 되지 않았다고 생각했다.

공 자체가 이상하다고는 생각했지만 삼열이 스크루볼을 던질 것이라는 생각 자체를 하지 못했는데, 그것은 스크루볼을 던지는 메이저리거가 지금은 단 한 명도 없기 때문이었다.

삼열은 칼스버그를 앉혀놓고 스크루볼을 던지고 싶었지만 포수는 한 명도 나오지 않았다.

포수야말로 체력 소모가 가장 많은 포지션이라 시간이 날 때마다 쉬곤 했다. 후보 찰리 덕이 어느 정도 포수에 익숙하였지만 아직은 큰 경기에 나오기에는 무리가 있었다. 그런데 그도 여기에 없었다.

'내일 맞춰봐야겠군.'

내일은 어차피 컵스의 모든 선수들이 챔피언십시리즈를 대비하기 위해 연습을 해야 한다.

삼열은 스크루볼을 칼 허벨처럼 3단계로 나눠서 던질 수는 없지만 오랜 시간 동안 훈련해 왔기에 강약 조절은 할 수 있었다.

모든 메이저리그의 특급 투수들은 한 종류의 구질이라고 하더라도 강약 조절에 어느 정도 익숙해 있다. 강약이 없는 공은 위력이 떨어지기 때문이다.

삼열은 집으로 돌아와 다저스와 내셔널스의 경기를 시청했다. 경기 결과는 다저스가 4 : 2로 승리했다.

"어머, 상대는 LA다저스네요."

마리아가 소파에 비스듬히 눕다시피 한 삼열에게 말했다. 삼열은 마리아의 말을 듣고 고개를 끄덕였다.

어쩌면 LA다저스가 워싱턴 내셔널스보다 상대하기는 편하다. 추문으로 얼룩졌던 맥코트 구단주에서 매직 존슨이 속한 스탠 카스텐 컨소시엄으로 바뀌었지만 아직 다저스는 리빌딩이 채 안 된 상황이었다.

양키스, 레드삭스에 이어 가장 인기 있던 다저스는 맥코트 구단주에 의해 인기가 폭락했다. 그는 2004년에 FOX 사에게서 4억 3천만 달러에 다저스를 인수했다. 하지만 그는 FOX에 달랑 900만 달러만 지불했다. 나머지는 장기 분할 상환하는 돈이었다. 그리고 이번 매각을 통해 그는 8년 만에 20억 달러를 벌었다. 그러나 다저스에게는 그 기간은 잃어버린 시간이었다. 이전에 비해 매 경기마다 관객의 수가 무려 8천 명이나 줄어들었다.

'빌리브 쇼가 1차전에 나오겠지.'

디비전시리즈에 빌리브 쇼는 1, 4차전에 등판했기에 챔피언십시리즈의 개막전에는 빌리브 쇼가 나올 확률이 높았다. 빌리브 쇼는 2011년에 사이영 상과 2012년에 로베르토 클레멘테 상을 수상하기도 했다. 로베르토 클레멘테 상은 메이저리그 선수 중에서 가장 팀 공헌도가 높고 선행을 많이 한 사람에게 주는 상이다.

빌리브 쇼는 아프리카 잠비아의 '빌리브 쇼의 챌린지'라는 자선단체를 통해 학교를 짓고 에이즈에 걸린 아이들을 위해 기부했다. 빌리브 쇼는 삼진을 잡을 때마다 100달러를 아프리카 잠비아에 기부하는데 그는 매년 200개 이상의 삼진을 잡았다.

삼열은 빌리브 쇼를 보면 존경하는 마음이 들었다. 인생의 방향을 잡은 사람이라는 점에서 자신보다는 낫다고 생각했다. 자신의 선행은 의도적이고 이벤트성이 강한 반면 빌리브 쇼는 전혀 그렇지 않았다.

그는 아프리카를 방문했을 때 현지의 어린이들을 보고 인생의 전환점을 맞이했다고 한다.

'나도 로베르토 클레멘테 상을 받을 수가 있을까?'

삼열은 상 욕심에 한번 생각을 해보았지만 의도가 불순한 자신이 받으면 말도 안 된다고 생각을 했다. 그저 이런저런 의도로 선행을 하지만, 어쨌든 많은 어린이들이 생명을 건진다면 멋진 일이 아닌가.

하지만 그는 빌리브 쇼처럼 사명감이 있는 것은 아니었다. 단지 앞으로 계속하면 생각도 바뀌고 아이들도 지금보다 더 사랑하게 되지 않을까 하는 생각은 하고 있었다.

삼열은 침대에 누워 마리아에게 키스하고는 눈을 감았다. 아내의 부드러운 살을 어루만지며 개막전 생각을 했다. LA다저스 타자들의 이름과 얼굴이 사진처럼 지나갔다.

그들이 좋아하는 구질, 타격 습관, 타석에 섰을 때의 자세 등이 너무나 뚜렷하게 생각났다.

마리아는 하루 종일 줄리아를 돌보느라 피곤했는지 딸을 재우고 나서 얼마 지나지 않아 잠에 빠졌다. 삼열은 잠들지 못한 채 생각을 거듭했다. 어떻게 던지고, 어떻게 승리를 할 것인가를 이미지트레이닝을 하며 시간을 보냈다.

삼열은 오랜만에 늦잠을 잤다.

마리아가 일어나 아침을 준비하고 있었고 거실에서는 줄리아가 제시와 함께 뒹굴고 있었다. 창밖에서는 햇살이 소나기처럼 무섭게 쏟아지고 있었다. 샤워하고 나오자 식사가 준비되어서 삼열은 가족과 함께 아침을 먹었다.

"아빠, 오늘 연습장 가?"

"응, 가야지."

"에이, 나랑 놀지."

삼열은 줄리아의 튀어나온 입에 반찬을 넣어줬다.

"냠! 맛있어, 아빠!"

또 달라고 채근하는 줄리아에게 삼열은 밥과 반찬을 집어 주었다. 삼열이 밥을 좋아하기에 식사는 빵과 밥, 그리고 고기 등 항상 복합적이었다.

마리아는 밥을 좋아하지 않지만 어린 줄리아는 상당히 좋아해 아침에는 밥을 먹곤 했다. 삼열은 고기가 싫은 것은 아니지만 오랜 식습관을 고칠 수 없어 밥을 먹었고 점심과 저녁에는 고기와 빵을 먹었다.

삼열은 연습장에 가서 연습했다.

스티브 칼스버그와 함께 오른손 투구도 했다. 강력한 공이 들어오자 칼스버그는 무척 놀랐다. 게다가 위력적인 새로운 구질인 스크루볼이 위압적으로 들어오자 그는 공을 받으면서도 속으로 상당히 놀랐다.

메이저리그에서 스크루볼은 칼 허벨, 크리스티 매튜슨, 페르난도 발렌주엘라가 던졌다. 이들 모두 한 시대를 풍미했던 전설적인 투수들이다.

칼스버그는 벌떡 일어나 삼열을 껴안고 감격했다. 자신이 전설적인 마구를 받고 있다니 생각만 해도 너무 기뻤다. 삼열의 공을 받을 수 있다면 메이저리그의 어떤 투수의 공도 다 받을 수 있을 정도로 삼열의 공은 특급이다. 거기에 스크루볼이라니!

"언제부터였어?"

"오래됐어. 부상당하기 전에는 시즌 중에도 간간이 섞어서 던졌는데, 덕분에 홈런을 많이 맞았지."

"와우, 난 커브가 제구가 안 된 줄 알았지. 하긴 그때 재가 왜 저러나 했었어."

"제구가 안 된 것은 맞아. 그러니 홈런을 맞았지."

"어? …그런가?"

"받을 수 있겠어?"

"받아야지. 너와 내가 사인을 약속하고 던지면 되지. 설마 그냥 던지려고 한 것은 아니지?"

"익숙해지면 괜찮지 않으려나?"

"안 돼. 페르난도 발렌주엘라 이후 아무도 스크루볼을 받아본 포수가 없었어."

"그렇긴 하지."

페르난도 발렌주엘라는 1980년에 LA다저스에 입단하여 1981년 사이영 상과 신인상을 동시에 받은 스크루볼의 대가다.

그는 개막전부터 8연승을 했고 그중에 5게임을 완봉승으로 마쳤다. 그런데 놀라운 것은 그가 1980년 메이저리그 마지막 시즌에 데뷔하여 스토브리그 기간 동안 스크루볼을 익혔다는 것이다.

짧은 기간에 스크루볼을 완벽하게 익힌 그는 스크루볼의 천재였다. 그에 비해 몸치에 가까운 삼열은 스크루볼을 익히는 데 무려 2년이나 걸렸다. 물론 중간에 교통사고가 나고 재활훈련을 하였지만 올 시즌에도 초반부터 꾸준하게 스크루볼을 연습해 온 것에 비하면 습득 시간이 짧다고 말할 수는 없었다.

삼열은 오른손과 왼손으로 공을 번갈아 던지면서 컨디션 조절을 했다.

승리는 항상 갈망하는 자의 것이다. 삼열은 그렇게 믿었다. 남들보다 두세 배에 해당하는 훈련으로 밀어붙였던 삼열은 인간의 육체를 뛰어넘는 몸으로 인해 쉽게 승리투수가 될 수 있었다. 하지만 월드시리즈 우승은 그렇게 간단한 것이 아니다.

월드시리즈 챔피언이 되기 위해서는 실력 그 이상의 것이 필요했다. 그래서 삼열은 우승을 더욱 갈망하게 되었다.

삼열은 연습장에서 집으로 돌아온 후 일찍 잠자리에 들었다. 그리고 아침에 일어나 가볍게 러닝을 시작했다.

아침의 싸늘한 공기 속에서 삼열은 긴장과 자유라는 이중적인 기분을 느꼈다. 내셔널리그 챔피언십시리즈가 마침내 열린 것이다.

삼열은 리글리필드에서 꿍꽝거리는 자신의 심장 소리를 느끼며 마운드에 섰다. 관중들이 삼열을 향해 파워 업을 외쳤다. 3루 쪽의 관중들을 제외하고는 모두 파워 업 티셔츠를 입었다. 심지어 LA다저스의 팬들조차 파워 업 티셔츠를 입은 사람들이 적지 않았다.

'좋아! 간다.'

삼열은 심장의 소리를 던지며 공을 던졌다. 공이 섬광처럼 날아갔다.

펑.

"스트라이크."

리글리필드가 뜨거운 응원으로 물결쳤다.

전광판에 찍힌 구속은 100마일.

LA다저스의 1번 타자 디제이비 고든은 두 눈을 크게 뜨고 눈만 깜박거렸다. 좌타자인 고든은 삼열의 공에 무척이나 놀랐다.

투구 폼이 특이한 삼열은 끝까지 공을 손목으로 숨기며 투구를 하는데 공이 사라졌다가 중간에서 갑자기 나타나 포수의 미트에 박히는 것 같았다.

그는 타석에서 뒤로 조금 물러났다. 포수의 미트에 박히는 그 소리를 듣고는 단지 빠르기만 한 공이 아닌 것을 알았다. 그와 대결을 여러 번 했지만 단 한 번도 쉽게 상대를 한 적은 없었다.

'젠장, 괜히 특급 투수가 아니군. 오늘도 작살나겠어.'

만약 공이 자신에게 날아온다면 피할 시간도 없을 것이라는 생각에 몸이 저절로 움츠러들었다.

상대는 메이저리그에서 소문난 악동. 그래서인지 그는 강하게 마음을 먹고 타격을 하려고 해도 공이 날아들면 몸이 저절로 움찔 놀라는 반응을 하곤 했다.

고든은 노리고 배트를 휘둘러도 3구만에 삼진을 당했다. 그러자 리글리필드는 파워 업 함성으로 더욱 가득하게 되었다.

"와우, 엄청나군요."

"삼열이 등판하면 관중들이 미치지. 부럽군, 부러워!"

더그아웃에서 벅 쇼와 존 가일이 부러운 눈으로 삼열을 바라보았다.

"젠장, 엄청나게 팔렸군!"

에밀리가 관중석에 가득한 파워 업 티셔츠의 물결을 보며 말했다.

송재진 해설위원과 장영필 아나운서는 뜨거운 열기가 가득한 리글리필드를 보며 감격 속에서 방송하고 있었다.

—오늘은 경기 시작 2시간 전에 거의 모든 좌석이 다 찼었죠?

—그렇습니다. 그리고 이 뜨거운 열기, 놀랍습니다. 오늘도 삼열 선수의 컨디션은 최상인 것 같군요. 초구의 구속이 무려 100마일, 즉 160㎞/h입니다. 좌완투수의 150㎞/h는 보고도 못 친다는 말이 있는데, 삼열 선수의 공은 무려 160㎞/h입니다. 디제이비 고든 선수 바싹 얼었군요.

—저번에 강삼열 선수가 1천만 달러 기부 약속을 한 후 이곳 시카고는 우승에 대한 열망이 굉장히 뜨거워졌죠.

—그렇습니다. 컵스는 100년이 넘는 기간 동안 우승을 하지 못한 한이 있습니다. 그런데 올해는 존스타인 사장이 말했듯이 컵스의 분위기가 아주 좋습니다. 메이저리그 27승의 삼열 선수, 17승의 벅 쇼, 12승의 존 가일 등 확실한 선발투수진과 강력한 타선은 월드시리즈 우승에 대한 기대감을 충분히 가지게 합니다.

—하하, 디제이비 고든 선수 삼진으로 물러납니다. 배트도 휘둘러보지 못하고 아웃되는군요. 이 정도면 거의 포기했다고 할 수 있죠?

—디제이비 고든 선수가 좌타자라서 더 그럴 것입니다. 좌타자는 좌완투수에게 굉장히 약하니까요. 말씀드리는 순간 삼열 선수 스트라이크입니다. 커터로 보이는군요. 옆으로 휘

는 것이 눈에 보입니다. 낙차가 커서 우타자들도 몸 쪽으로 파고드는 이런 공에는 굉장히 약하죠.

삼열은 마운드에서 크게 호흡을 하며 공을 던졌다. 공이 섬광처럼 날아가 포수의 미트에 박혔다.

호세 산체스는 선구안이 좋은 2번 타자다. 올해 0.297의 타율에 160개의 안타를 기록하였다. 그는 정규 시즌에 삼열에게 한 개의 홈런을 기록한 바가 있다. 그래서 그는 자신감을 가지고 타석에 들어섰으나 배트를 휘두르지도 못하고 첫 스트라이크를 먹었다. 바깥쪽 낮은 포심 패스트볼이었다.

'젠장, 굉장하군!'

산체스는 삼열이 던진 공의 구속과 제구에 놀랐다. 조금 전의 공은 그의 뛰어난 동체시력으로도 속도를 따라갈 수 없었던 것이다.

정규 시즌에서의 타율은 그다지 중요하지 않다. 모든 투수가 매 경기마다 전력으로 공을 던지지는 않는다. 그래서 이런 단기전에서 만나면 이전의 기록은 참고 사항에 불과할 뿐이다. 물론 정규 시즌에 상대에게서 좋은 성적을 거두었으면 심리적 우위에서 경기를 이끌어갈 수 있으나 특급 투수들에게는 그것도 허용되지 않는다.

삼열은 타자를 한번 바라보고 공을 던졌다. 공이 타자의 바로 앞에서 아래로 급하게 떨어졌다. 산체스는 직구의 타이밍으로 휘두르다 급히 궤도를 수정했다. 이것은 순전히 그의 뛰어난 반사신경과 손목의 힘 때문에 가능한 것이었다.

딱.

공이 배트의 아랫부분을 스치며 3루 쪽으로 굴러갔다. 3루수 이안 스튜어트가 빠르게 뛰어나와 공을 잡아 1루로 던졌다. 산체스는 1루에 미처 도달하기도 전에 아웃이 되고 말았다.

3번 타자는 그 유명한 JK. 뎀프. 1억 6천만 달러의 사나이다. 그는 작년에 쿠어스 필드에서 타구를 쫓다가 펜스에 부딪혀서 왼쪽 어깨 부상을 당하였다. 시즌이 끝난 후 수술을 받아 3개월 동안 배트를 들지 못하고 재활훈련에 몰두했다. 다행히 그는 올해 142경기에 출전하여 0.303의 타율과 31개의 홈런을 기록하였다. 큰 수술에 비해 그는 성공적인 한 해를 보냈다.

JK. 뎀프는 크게 심호흡을 하며 타석에 들어섰다. 우타자인 그는 유독 삼열에게 약했다. 삼열은 절묘하게 JK. 뎀프의 호흡을 끊는 공을 던지곤 했다. 따라서 JK. 뎀프는 오늘 크게 결심을 하고 타석에 들어섰다. 꼭 안타를 치고야 말겠다는 오기로 타석 앞에 바싹 다가섰다.

그것을 본 삼열의 눈이 크게 치켜떠졌다. 이제까지 이렇게 노골적으로 자신을 무시한 타자가 없었다는 것을 기억한 그는 히트 바이 피치드 볼을 줄지라도 기세 싸움에서 질 수 없다고 생각했다. 이런 기세에 눌리면 상대 팀 타자들은 계속 도발적인 타격 자세를 유지할 것이기 때문이다.

삼열은 공을 던졌다. 공이 빠르게 포수의 안쪽을 파고들었다. 안쪽으로 파고드는 공에 놀라 얼떨결에 몸이 돌아가자 배트도 따라가고 말았다.

펑.

"스트라이크."

배트가 돌아가지 않아도 스트라이크가 될 공이었다. 참으로 절묘한 공이었다. 메이저리그의 주심들은 안쪽 공에 인색한 편이다. 하지만 인색하다는 것이지 스트라이크를 안 잡아준다는 것은 아니다.

JK. 뎀프는 이를 악물었다. 안쪽으로 파고드는 공이었지만 위치가 굉장했다. 누가 봐도 스트라이크 존이었는데 문제는 낮게 들어왔다는 것이고, 타자의 눈앞에서 변했기에 JK. 뎀프는 미처 반응하지 못했다.

—오늘 강삼열 선수의 컨디션은 어떻게 보입니까?

KBS ESPN의 장영필 아나운서가 송재진 해설위원에게 물었다.

—제구가 절묘하게 되고 있는 것으로 보아 무척이나 컨디션이 좋아 보입니다. LA다저스 타자들이 어려워하는 것이 화면에 그대로 보이지 않습니까? 산체스—JK. 뎀프—안드레아로 이어지는 타선은 화력과 함께 집중력이 굉장하죠. 안드레아가 올해는 20개의 홈런으로 4번 타자로는 조금 부족하게 느껴지기는 하지만 필요할 때에는 꼭 안타를 쳤습니다.

—강삼열 선수가 서울대 수석 입학한 사실은 굉장히 유명한 에피소드이죠. 당시 삼열 선수는 야구를 하면서도 전국 1등을 놓치지 않았다고 했는데 정말 천재 아닙니까?

—하하, 장영필 아나운서도 아시겠지만 투수가 머리가 나쁘면 경기를 유리하게 이끌어 가는 데 상당한 애로사항을 가지게 되죠.

—그렇지요. 투수는 타자들을 잘 분석해야겠지요.

—그렇습니다. 투수가 무작정 160km/h가 넘는 공을 던진다고 타자들이 못 치는 것은 아닙니다. 적어도 메이저리그에서 활동하는 선수들은 적응력이 굉장히 뛰어납니다. 노리고 치면 그 어떤 투수도 두들겨 맞지 않을 수 없습니다. 좋은 투수란 타자가 원하지 않는 공으로 상대를 괴롭히고 스트라이크 같은 볼을 던져 타자를 속여야 합니다. 그런 의미에서 삼열 선수의 활약은 발군입니다.

—말씀드리는 순간 JK. 뎀프, 삼진으로 물러나는군요.

—투심 패스트볼로 보이는 공 같았는데요. 정말 절묘하군요. 저런 공을 어떻게 칠 수 있겠습니까?

마지막 공의 움직임은 마치 공이 살아 있다고 말씀드려야겠지요. 공 끝이 정직하면 메이저리그에서는 롱런 할 수가 없습니다. 어지간한 공은 다 맞는다고 보시면 됩니다.

—메이저리그의 타자들이 그만큼 실력이 있어서겠죠?

—물론입니다. 그러나 메이저리그의 스트라이크 존이 타자에게 유리하게 되어 있는 것도 한 이유입니다. 메이저리그는 공격적인 야구를 주창하기에 몸 쪽 공은 주심들이 어지간하면 스트라이크로 안 잡아줍니다. 그러니 타자들은 안쪽 공을 포기하고 배팅을 하니 타율이 높게 나올 수밖에 없지요.

—네, 그렇군요. 저희는 잠시 후에 돌아오겠습니다.

장영필 아나운서와 송재진 해설위원은 헤드폰을 벗고 고개를 절레절레 흔들었다.

"선배님, 정말 대단하군요. 지금쯤이면 삼열 선수 힘이 빠질 만한데도 오히려 정규 시즌보다 공이 더 좋아 보이네요."

"후후, 나도 놀라고 있어. 어떻게 이런 투수가 한국에서 나올 수 있었는지 거듭 놀라울 뿐이지."

"그게 삼열이가 늦게 야구를 해서 그런 것이 아닐까요?"

"그런 것도 무시하지 못하겠지. 어릴 때부터 했으면 체계적일 수는 있지만, 어깨를 혹사당할 수도 있고 또 오랫동안 하다 보면 매너리즘에 빠질 수도 있는데 삼열 선수의 경우는 처음 야구를 이상영 투수에게 배웠으니 제대로 배웠겠지."

송영필이 생수통을 집어 들어 마시면서 고개를 다시 절레절레 흔들었다. 신나고 즐겁게 방송을 하지만 아무리 봐도 삼열이 괴물 같았다.

공수가 교대되고 삼열은 더그아웃에 들어왔다. 선수들이 떠드는 소리에 더그아웃이 소란스러웠다. 하지만 분위기는 아주 좋았다. 대부분의 선수가 웃고 있었다. 할 수 있다는 자신감으로 가득한 얼굴들이었다.

다저스의 감독 호세 마르샬은 얼굴을 찌푸리며 그라운드를 바라보았다. 빌리브 쇼가 마운드에서 발로 착지점이 되는 부분을 파고 있었다.

투구 후에 착지하는 발이 미끄러우면 부상으로 이어질 수 있기에 어지간한 투수들은 몇 번 공을 던져보고 착지가 불안하면 스파이크 신발로 바닥을 판다. 그렇게 하면 조금 더 편안하게 투구를 할 수 있게 된다. 심한 경우 홈구장에서는 자신의 투수에게 유리하게끔 마운드의 높이를 조절하기도 한다.

호세 마르샬 감독은 14년 동안 메이저리그에서 활약했는데 모두 양키스에서만 뛰었다. 그는 통산 2,183개의 안타와 225개의 홈런, 그리고 0.327의 타율을 기록했다. 또한 6번의 올스타전에 출전했고, 9번의 골드글러브를 수상했다.

시대를 풍미했던 전설적인 타자와 어깨를 나란히 했고, 그의 등번호인 32번은 양키스의 영구결번이 되었다. 그런 그가 삼열의 공을 보고는 복잡한 얼굴로 마운드에서 연습구를 던지는 빌리브 쇼를 바라보았다.

올해 빌리브 쇼는 14승 9패를 했지만 자책점은 2.53으로 내셔널 리그 2위다. 삼열의 1,75보다는 무척 높지만 삼열을 제외하고는 단연코 최고의 선수다. 그는 1988년 생으로 나이도 27살밖에 되지 않았다. 괴물 같은 삼열을 제외하고는 메이저리그 최고의 투수로 꼽히는 선수다.

빌리브 쇼는 좌완으로 패스트볼, 체인지업과 슬라이더를 주로 던지는데 슬라이더는 현역투수 중에서 최고로 평가된다. 커브도 낙차가 커서 선수들이 쉽게 잘 속는다.

호세 마르샬 감독은 빌리브 쇼가 투구하는 것을 보고 불안한 느낌을 받았다. 구위는 나무랄 데 없는데 왠지 그의 뒷목을 잡아당기는 꺼림칙한 느낌이 그를 조바심 나게 했다.

야구는 실력으로만 되는 것이 아니라 오히려 그날의 컨디션과 분위기에 따라 좌우된다.

아니나 다를까 1번 타자부터 빌리브 쇼의 혼을 쏙 빼놓고 물러난다. 빅토르 영이 끈질기게 물고 늘어져 11개의 공을 던지게 했다. 그리고 2번 타자 스트롱 케인은 8개의 공을 던지게 하고는 2루수 뒤로 넘어가는 안타를 치고 1루에 진루하였다.

레리 핀처를 대신하여 나온 마크 오웬이 6구만에 삼진, 4번 타자 존리 말코비치가 풀카운트 접전을 벌이다가 9구 끝에 외야 플라이로 아웃되고 말았다. 하지만 빌리브 쇼가 1회에 던진 공의 개수만 34개가 되고 말았다. 삼열이 10개의 공을 던진 것에 비하면 너무 많은 공을 1회에 던진 것이다.

삼진을 당한 마크 오웬조차 빌리브 쇼의 공을 전혀 두려워하지 않고 싱글벙글 웃고 있었고 다른 선수들 역시 별반 다르지 않았다. 공에 대한 집중력이 커진 컵스의 타자들은 안타를 치지 못해도 1차전에서 가능한 한 빌리브 쇼를 빨리 강판시키고 불펜진을 소모시키기로 했다. 한 명이라도 더 많은 투수가 나와 던지게끔 해야 7차전까지 있는 챔피언십시리즈에서 우위를 점할 수 있으니 말이다.

빌리브 쇼의 공을 그렇게까지 공략할 줄 몰랐던 컵스의 팬들은 신이 나 응원을 했다. 삼열이 다시 마운드에 서자 엄청난 박수가 터져 나왔다. 마치 헐리우드의 스타라도 온 것 같은 착각이 들게 하는 장면이었다.

송재진 해설위원과 장영필 아나운서 역시 신이 나 방송을 했다. 삼열이 거의 퍼펙트하게 경기를 운영해 나가고 있었기 때문이다. 3회 말에 나가서는 10개의 공을 커트하고 나서 좌중간을 가르는 1루타를 터뜨리기도 했던 삼열은 4회 말까지 노히트노런이었다.

송재진은 혹시 오늘 경기에서 삼열이 노히트노런이나 퍼펙트게임을 하지 않을까 하는 기대감을 가지며 방송을 했다. 그만큼 삼열의 공은 뛰어났다.

5회 초에, 2아웃에 아웃카운트 하나를 남겨놓고 6번 타자 존 조비가 타석에 들어섰다.

송재진과 장영필은 웃으면서 여유 있게 방송을 했다. 아직 두 팀 다 점수를 내지 못하고 0 : 0이지만 이미 빌리브 쇼는 83개의 공을 던졌다. 그에 반해 삼열은 47개의 공밖에 안 던졌다. 누가 봐도 컵스가 절대 유리한 상황이었다.

컵스의 홈경기로 치러지는 경기이기에 모두 즐겁게 경기를 보고 있었다.

존 조비에게 2개의 스트라이크를 먹이고 나서 다음 공으로 삼진을 잡을지, 한 개 정도 여유를 가지고 갈지 생각하던 송재진은 깜짝 놀라고 말았다. 그뿐만 아니라 리글리필드에 있는 모든 사람들이 비명을 지르고 벌떡 일어나 마운드를 바라보았다.

로니가 친 공에 맞아 삼열이 마운드에서 그대로 쓰러진 것이었다. 강습 안타였다. 다행히 바운드된 공에 맞았지만 그는 한동안 일어나지 못했다.

의료진이 급하게 마운드로 뛰어들어 갔다. 전광판에 느린 화면으로 재생된 화면을 보고 컵스의 팬들은 비명을 질렀다. 바운드된 공이 삼열의 왼쪽 어깨에 그대로 정확하게 맞았던 것이다. 공을 던지고 나서 미처 중심을 잡지 못한 상태에서 맞은 공이라 삼열이 피할 수가 없었다.

"오, 맙소사!"

"안 돼!"

관중석에는 우는 팬들도 있었고 분위기가 컵스에 굉장히 좋지 않게 흘러갔다. 의료진들뿐만 아니라 그라운드에 있던 선수들조차 걱정하며 마운드 주변으로 몰려들었다.

1루에 진루한 존 조비는 미안한 표정으로 서 있었다. 메이저리그 최고 투수의 부상은 너무나 충격적이었다. 그것은 상대 팀인 선수인 존 조비도 마찬가지였다.

베일 카르도 감독은 초조한 표정으로 마운드를 바라보았다. 삼열의 부상은 비단 한 경기를 망치는 것으로 끝나지 않는다.

도대체 왜 이 순간에 이런 일이 벌어진단 말인가? 100년을 지배했던 저주에서 막 벗어나려는 이때에 말이다.

'정말 저주는 있는 것인가?'

순간 베일 카르도 감독은 부정적인 생각이 들었다.

그는 초조하게 의료진의 조치를 기다렸다. 이미 불펜에서는 중간 계투진이 몸을 풀고 있었다. 너무 경황이 없는 일이라 정기가 중단되고 말았다. 심판들도 멍하게 바라만 보고 있었다.

머리와 같은 부분을 맞았다면 시급하게 병원을 가야겠지만 어깨를 맞아서 의료진들의 판단을 기다려야 했다.

보나 마나 투수 교체다. 갑작스럽게 벌어진 일이라 시간을 끄는 것처럼 보여도 쓰러진 선수에게 경고를 줄 수 없었다. 상대는 메이저리그 최고의 투수가 아닌가. 게다가 미국에서 가장 영향력 있는 가문의 사위이기도 했다.

주심 에드워드 위드는 가만히 있었다. 홈경기에서 최고의 투수이자 스타인 선수가 쓰러졌는데 여기서 경솔하게 경고를 준다면 관중들이 가만히 안 있을 것이다.

그도 그럴 것이 관중석에는 앉아 있는 사람들이 없었다. 모두 걱정하는 얼굴로 그라운드를 바라보며 또 반복되는 전광판을 바라보곤 했다.

마침내 삼열이 일어났다. 사실 삼열은 정신을 잃거나 하지는 않았다. 강습 안타를 맞은 거라 너무나 아팠다. 그래서 시간을 끌면서 아픔이 가시기를 바란 것이다.

팀 닥터가 와서 어깨의 상태를 살피고는 급하게 파스를 어깨에 뿌렸다.

"이봐, 괜찮나?"

"안 괜찮아요. 아파 죽겠어요."

아프다고 투정하는 삼열을 보며 매컴스 박사는 안도했다. 일단 어깨가 금이 가거나 한 것은 아닌 것 같았다.

"어때? 던질 수 있겠나?"

"한번 던져보고요."

"알았네."

매컴스는 베일 카르도 감독에게 지켜봐야 한다는 사인을 보내고 주심에게도 그렇게 말했다. 타구에 맞아 부상을 당한 것이라 삼열에게 연습구를 던질 수 있도록 조치가 취해졌다. 다저스의 7번 타자 잭 스콜스는 멀리 떨어져 배트만 휘두르고 있었다.

삼열은 공을 던지면 어깨에 통증이 느껴졌다. 나중에 정밀 진료를 받아봐야 알겠지만 힘줄이나 관절 부위에 타격을 받았는지 공을 던지면 욱신거렸다. 큰 통증은 아니지만 그대로 공을 던질 수는 없을 것 같았다. 삼열은 칼스버그를 마운드로 불렀다.

"어때, 괜찮겠어?"

칼스버그가 걱정스러운 눈으로 삼열을 바라보았다.

"안 돼. 던질 때 어깨가 당기고 약간의 통증도 있어. 이대로 던지면 부상으로 이어질 수 있어."

"그러면……?"

"오른손으로 던지겠어. 내 벤치 밑에 혹시나 해서 둔 왼손 글러브가 있어. 그걸 가져다줘."

"알았어."

칼스버그는 돌아가 주심에게 글러브를 바꿔야 한다고 타임을 요청했다.

"뭔 소리야?"

아프면 내려갈 것이지 무슨 글러브를 바꾼단 말인가? 에드워드 위드 주심은 이해할 수 없다는 표정으로 칼스버그를 바라보았다.

"그는 이제부터 오른손으로 던질 겁니다."

"왓?"

칼스버그가 어깨를 으쓱하고는 볼 보이 소년에게 삼열의 글러브를 가져오라고 말했다. 선수들은 물론 관중들도 이게 무슨 일인지 몰랐다.

경기가 중단되고 볼 보이 소년이 글러브를 가져다주자 칼스버그가 그것을 삼열에게 주었다. 글러브를 바꿔 끼자 큰 소란이 일어났다.

사람들이 믿을 수 없다는 표정으로 삼열을 바라보았다. 컵스의 팬이라면, 아니, 메이저리그에 조금이라도 관심이 있는 사람이라면 누구나 삼열이 교통사고로 인해 오른손으로 공을 던질 수 없게 된 것을 알고 있었다.

도대체 뭐야? 하는 표정으로 사람들은 삼열을 바라보았다. 그리고 그들은 공이 섬광처럼 날아가 미트에 박히는 것을 보았다. '펑' 하는 소리와 함께 칼스버그의 몸이 기우뚱하는 것도.

"와아!"

"오, 맙소사. 이건 기적이야!"

"믿을 수 없어!"

사람들은 삼열이 마운드에서 오른손으로 공을 던지는 것을 보며 놀라 비명을 질렀다. 삼열은 마운드에서 오만하게 서서 공을 던지고 있었다. 메이저리그에서 단 한 번도 없었던 전무후무한 일이 벌어지고 있었다.

사람들은 삼열이 공을 던지는 것을 보며 기적을 생각하게 되었다. 동시에 컵스에 드리운 저주가 바람처럼 가볍게 사라지는 것을 느꼈다.

할 수 있다, 컵스여!

사람들은 그렇게 느끼고 부르짖었다. '파워 업!'이 리글리필드를 가득 메웠다.

잭 스콜스는 어이가 없었다. 조금 전까지만 해도 그도 삼열의 부상을 걱정했었다. 하지만 쓰러졌던 투수가 일어나더니 아무렇지도 않은 듯 팔을 바꿔서 다시 공을 던지기 시작했다.

'뭐, 이런 괴물이 다 있지?'

눈으로 보고 있어도 도무지 믿을 수가 없었다. 스위치 타자는 메이저리그에 적지 않게 있지만 양손잡이 투수는 없었다. 1995년에 몬트리올 엑스포즈의 그레그 해리스 투수가 신시네티 레즈와의 경기에서 단 한 번 오른손으로 던지다가 왼손으로 바꿔 던지는 이벤트를 했다.

해리스는 원래 어릴 때부터 양손잡이였다. 그는 메이저리그에서 스위치 피칭을 하려고 하였으나 코치진이 반대해서 우완투수로 남았다. 코치진이 볼 때 메이저리그에서 스위치 투수는 메리트가 별로 없었던 것이다.

해리스는 그때 우완으로도 제 몫을 충분히 다하고 있었기 때문에 굳이 왼손으로 던질 이유가 없었다. 그리고 메이저리그에서 오른손으로 던지다가 왼손으로 던지는 것은 불필요한 일이었다. 죽으라고 한 손으로 던져도 잘하기가 힘든 곳이 메이저리그인데 양손으로 던지는 것은 무리이기 때문이다.

현재 양키스의 마이너리그에 있는 팻 밴디트가 양손 투수이긴 하지만 그는 아직 메이저리그로 올라오지 못하고 있다. 메이저리그의 긴 역사 중에 19세기를 제외하고는 정식 스위치 피처는 단 한 명도 없었다. 그러나 이제 그 기록이 깨지고 있었다.

스콜스는 타석에 들어섰을 때 기분이 묘했다. 일단 신기했다. 좌완투수가 갑자기 우완투수로 변해서 던지니 말이다. 그리고 초구를 경험하고 났을 때는 경이로웠다. 삼열의 공이 상상을 초월할 정도로 빨랐던 것이다.

'젠장, 빌어먹을! 뭐 이런 외계인 같은 놈이 다 있어?'

전광판에 찍힌 삼열의 구속은 102마일이었다. 투수의 공이 일단 100마일이 넘어가면 타자는 운동신경으로 타격 타이밍을 맞출 수가 없다.

타자는 0.3초 이내에 결정해서 배트를 휘둘러야 하는데, 그게 인간의 몸으로 가능하지가 않다. 투수가 공을 던지는 릴리스 포인트에서 타자는 결정하는 동시에 배트를 휘둘러야 한다.

삼열과 비슷한 강속구 투수 중 신시네티 레즈의 아롤디스 채프먼은 피츠버그 파이어리츠와의 경기에서 106마일의 공을 던진 이후 메이저리그 최고의 마무리 투수로 인정받고 있다. 106마일의 직구와 95마일의 체인지업을 섞어서 던지는 그의 공을 상대로 타자들이 제대로 타격 포인트를 잡는 것은 거의 불가능에 가까운 일이다.

삼열의 공도 그 못지않은 빠른 구속을 가졌다. 그리고 구위면에서는 오히려 채프만보다도 더 좋았다. 일단 삼열의 공은 빠르기만 한 것이 아니라 무겁고, 무브먼트가 좋다. 맞아도 어지간하면 안타가 나오기 힘든 구질이다.

삼열은 마운드에서 호흡을 다시 한 번 하고 공을 던졌다.

펑.

"스트라이크."

공이 스트라이크 존 가운데로 파고들었으나 스콜스는 칠 수가 없었다.

2스트라이크 노볼.

2스트라이크가 되는 사이에 1루에 있던 존 조비가 2루로의 도루에 성공했다.

삼열은 그가 뛰려고 하는 것을 알고도 그냥 포수에게 공을 던졌다. 무관심 도루였다. 수비하는 측에서 타자가 뛰는 것에 관심을 가지지 않으면 무관심 도루가 되는데, 이때에는 도루가 아니라 야수 선택에 의한 진루로 기록된다.

삼열은 제3구를 던졌다. 공이 스트라이크 존 바깥쪽으로 번개처럼 날아와 꽂혔다.

스콜스가 힘껏 배트를 휘둘렀지만 이미 공이 지나간 뒤였다. 그의 스윙보다 공이 훨씬 빨랐던 것이다. 삼열이 오른손으로 삼진을 잡아내자 리글리필드는 떠나갈 듯한 함성으로 가득하게 되었다.

삼열은 자신의 이름을 외치며 열광하는 팬들의 환호성을 들으며 마운드를 내려갔다.

주심조차 멍하니 있다가 고개를 끄덕였다. 그 순간 기자들과 카메라맨들이 굉장히 빠른 속도로 움직였다. 메이저리그 역사상 가장 드라마틱한 일이 오늘 벌어졌다. 이를 눈치챈 기자들이 발 빠르게 움직이는 것은 너무나 당연한 일이었다.

삼열은 더그아웃에 들어가 동료들의 환호를 받아 기분 좋게 앉아 있었다. 카메라가 그의 움직임을 하나도 놓치지 않고 찍고 있었다.

'기분이 그런대로 괜찮네.'

삼열은 극적인 순간에 '짠!' 하고 오른손으로 공을 던지려고 했는데 그것이 조금 아쉽기는 했다. 삼열이 생각한 그 타이밍은 월드시리즈였다. 하지만 챔피언십시리즈도 그다지 나쁘지 않다고 생각했다.

삼열은 그냥 마운드를 내려가도 상관이 없었다. 하지만 7차전을 치러야 하는 컵스가 1차전을 잃게 되면 월드시리즈 진출도 장담할 수 없게 된다. 컵스는 삼열이 7회까지는 최소한 마운드를 지켜줄 것을 전제하고 항상 작전을 짠다. 삼열은 5회에 마운드에서 쓰러진 상태에서 머리를 굴렸다. 그 결과로 선택한 것이 오른손으로 공을 던지는 것이었다.

*　　*　　*

송재진 해설위원은 삼열이 오른손으로 공을 던지자 너무나 놀라 해설을 제대로 하지 못할 정도였다. 메이저리그 역사상 처음 있는 일이 눈앞에서 벌어졌다.

장영필 아나운서는 연신 믿을 수 없다는 말을 하며 중계를 하였다. 광고를 내보내야 하는 시간이었지만 KBS ESPN은 광고를 취소하고 계속 삼열의 모습을 보여주고 있었다. 이 순간 방송사도 광고가 중요한 것이 아니라는 것을 알아차린 것이다. 그만큼 5회는 모든 사람에게 충격적인 이닝이었다.

공수 교대 시간에 화면에는 마리아와 줄리아의 모습이 나가고 있었다.

컵스의 홈경기는 거의 대부분 경기장에서 관람하는 마리아는 카메라맨들이 가장 좋아하는 인물 중의 하나였다.

—아, 삼열 선수의 부인 마리아의 모습이군요. 무척 놀란 표정이죠? 그리고 그의 딸인 줄리아는 아빠가 쓰러지자 울음을 터뜨리는군요. 귀엽고 예쁜 아이가 우니 방송하고 있는 저희의 마음도 짠해지네요.

—네, 맞습니다. 그런데 어쩌죠. 저는 다정한 가족의 모습을 보니 오히려 기분이 좋아지네요.

—그런가요? 하하.

전광판에 어린 줄리아가 눈물을 흘리며 우는 모습이 비쳤다. 금발의 귀여운 줄리아가 우는 것을 보며 관중들은 흐뭇한 미소를 지었다.

아빠를 사랑하는 딸. 그 모습을 보는 것은 정말 기분 좋은 일이다.

삼열은 더그아웃에서 기분 좋게 있다가 전광판에서 울고 있는 줄리아의 모습을 보고는 순간 울컥했다. 사실 그는 3-4분 동안 그라운드에 누워 있었는데 큰 부상을 입어서가 아니라 그냥 시간을 끌기 위한 것이었다. 아프긴 무척 아팠지만 못 일어날 정도는 아니었다.

그런데 딸이 우는 모습을 보니 괜히 쓸데없이 머리를 굴렸다는 생각이 들었다. 좀 더 극적으로 보이기 위한 일종의 쇼맨십이었는데 딸의 울음 앞에서는 모두 소용없는 짓이었던 것이다.

'하아~ 이거 뭐라고 말할 수 없는 상황이네.'

딸이 울고 있는 모습을 보니 마음이 애잔해졌다. 아빠를 걱정해서 우는 딸을 보니 가슴이 먹먹해지면서 동시에 따뜻해졌다. 삼열은 자신을 걱정해 주는 가족이 있음을 생각하고는 행복해졌다.

'젠장, 다음부터는 다쳐도 벌떡 일어나야겠군.'

삼열은 원정경기든 홈경기든 마리아와 줄리아가 꼭 본다는 것을 알고는 아픈 척하는 것은 이제는 다시 하지 않겠다고 결심했다. 다시는 딸이 자신을 걱정하여 눈물을 흘리는 것을 보고 싶지 않았다.

마리아는 아직도 울고 있는 줄리아를 다독이며 '아빠는 다 나았어. 저 봐, 아빠가 조금 전의 선수를 삼진으로 아웃시키고 쉬고 계시잖아!' 하고 말했다. 줄리아는 마리아의 말을 듣고는 울음을 그치고 더그아웃에서 웃고 있는 삼열의 모습을 바라보았다.

마리아는 줄리아의 머리를 쓰다듬으며 유독 아빠를 끔찍이 생각하는 딸을 부드러운 눈으로 바라보았다. 그녀는 삼열에게 청혼하면서 그에게 가족을 만들어준다고 약속을 했다. 지금 여기에 있는 딸이 그를 위해 울었다. 그에게는 피를 나눈 유일한 가족. 사랑할 수밖에 없는 자식이다.

다저스의 투수는 빌리브 쇼가 물러나고 칼 하퍼가 올랐다. 그는 독특한 이력을 가진 선수다. 하퍼는 WBC에서 네덜란드 대표팀으로 뛰었다. 그때 그의 포지션은 포수였다.

그는 강력한 어깨를 가지고 있지만 타격은 신통치 않았다. 메이저리그에 올라와 투수로 전향을 제의받고 포지션을 변경했다. 그는 95마일 전후의 직구를 던진다. 그의 포심 패스트볼은 마이너리그에서 102마일까지 찍힌 적이 있을 정도로 위력적이었다.

5회 말, 7번 타자 칼스버그 차례가 되었다. 올해 칼스버그는 정규 시즌에서는 대활약을 펼쳤지만 포스트시즌에 오면서 타격에서만큼은 성적이 잘 나오지 않고 있었다.

체력 소모가 많은 포수에게 챔피언십시리즈는 힘든 경기였다. 그래서 베일 카르도 감독도 그에게 다른 어떤 것을 기대하지 않고 있었다. 그냥 포수만 봐도 고맙다는 말을 해야 할 정도로 그는 시즌 중 수고가 많았었다.

칼스버그는 요즘 몸이 힘들다는 것을 여실히 느끼고 있었다. 하지만 조금 전에 삼열이 보여준 호투가 그의 생각을 사로잡았다.

삼열은 강습 타구에 맞고서도 아픔을 참고 공을 던졌는데 자신은 체력이 조금 딸린다고 너무 수동적으로 나오지 않았는가, 하는 반성이 들었던 것이다.

그는 배트를 빳빳이 들고 칼 하퍼를 바라보았다. 칼 하퍼 투수는 올해 65경기에 등판하여 5승 3패, 평균 자책점 2.35를 기록하였다.

칼스버그는 빠르게 날아오는 공을 보고 배트를 휘둘렀다. 하지만 공은 배트에 스치지도 않았다. 전광판에 찍힌 구속은 96마일. 정말 까다로운 투수였다. 빠르면서도 제구가 잘되었다.

칼스버그는 초구에 스트라이크를 당했지만 포기하지 않았다. 열광적인 관중들의 응원이 그에게 힘을 더해주었고 더그아웃에서 웃고 있는 삼열의 얼굴도 힘이 되었다.

두 번째 공은 빠른 슬라이더였지만 볼이었다. 시간이 지날수록 리글리필드의 뜨거운 열기가 다저스의 선수들을 압박하기 시작했다. 광적인 응원과 야구에 대한 열정이 그라운드를 가득 메워 다저스 선수들을 숨 막히게 했다. 누구든 이런 상황에서는 떨리지 않을 수 없었다.

칼스버그는 세 번째 공을 노리고 쳤다. 이번에는 미리 한 포인트 앞에서 배트를 휘두른 것이 주효했다. 예상했던 대로 직구였다. 슬라이더가 볼이 된 것을 보고 제구가 잘되고 있는 직구를 던질 것으로 생각하여 한 템포 먼저 배트를 휘두른 것이 공이 배트의 중심에 맞아 외야로 날아갔던 것이다.

"와우, 칼스버그 죽이는데!"

"빌리브 쇼가 강판당했으니 이젠 우리가 힘 좀 써야지."

"후후, 안타가 아니어도 많이 던지게 만들어."

더그아웃에서 선수들끼리 이야기를 나누었다. 8번 타자 이안 스튜어트가 8구 끝에 삼진으로 물러났다. 삼열은 배트를 몇 번 휘둘러보고 타석에 들어섰다. 그의 몸에는 덕지덕지 보호구가 붙어 있었다.

'이것은 줄리아를 위한 거야. 반드시 홈런이든 안타든, 치고 말겠어.'

삼열은 자신 때문에 운 딸이 생각나 꼭 안타를 치겠다는 의욕으로 가득했다.

'어서 와! 누구든 상관없어.'

삼열은 의지를 불태우며 배트를 좌우로 흔들고는 칼 하퍼 투수를 바라보았다.

그는 직구, 슬라이더, 변화구, 이 세 가지를 잘 구사하는 투수였다. 슬라이더는 아까 보니 별로였다. 그렇다면 직구와 변화구인데 뭘 던질지는 감이 왔다. 스트라이크를 잡기 위해서 초구에 직구를 던질 것이 뻔했다. 삼열은 빠르게 날아오는 공을 보고 그대로 배트를 휘둘렀다.

따악.

공이 외야로 쭉쭉 뻗어 나갔다. 외야수가 뛰어갔지만 잡지 못했다. 공이 좌측 상단을 때린 것이다. 칼스버그는 전력으로 뛰었다. 외야수가 공을 잡았을 때 칼스버그는 이미 3루를 밟고 있었다. 칼스버그가 홈인하고 삼열은 2루까지 갔다.

삼열은 조금 아쉬웠다. 배트 중심에 잘 맞은 것 같았는데 마지막에 뻗지를 못하고 펜스 상단에 맞은 것이었다. 외야 쪽에서 맞바람이 불고 있어서 그런 듯했다. 그리고 사실 칼 하퍼가 던진 공의 구위 자체도 그다지 나쁘지 않았다.

1 : 0.

드디어 무게중심이 컵스로 움직였다. 빅토르 영은 삼열을 보고 환하게 웃었다. 그의 얼굴을 보니 반드시 안타를 치겠다는 표정이었다.

삼열은 2루의 베이스 위에 그대로 서 있었다. 2루수 산체스가 발이 빠른 그를 의식했지만 삼열은 전혀 신경 쓰지 않았다. 도루할 생각은 처음부터 아예 없었다. 인간의 육체를 뛰어넘은 몸을 가진 그이지만 오늘같이 큰 경기에 무리할 필요는 없었다. 오늘은 투수로서 제대로 던지기만 해도 되는 날이다.

그리고 빅토르 영이 안타를 치자 삼열은 바람처럼 달려 홈으로 파고들었다.

2 : 0.

사람들은 삼열의 전광석화 같은 빠른 속도에 놀랐다. 물론 삼열이 빠른 것은 알고 있었지만 오늘은 더 빨랐던 것이다. 마치 우사인 볼트가 야구장에 온 것 같았다.

삼열은 더그아웃으로 들어가 동료 선수들의 축하를 받고 거친 호흡을 가다듬었다. 오늘은 평소보다 빠르게 뛰었고 그래서 호흡이 조금 가빠왔다.

“와, 방금 너 한 마리의 치타 같았어.”

벅 쇼가 정말 감동한 어투로 삼열을 칭찬했다. 삼열은 말없이 웃었다.

바뀐 투수에게 2점이나 얻었으니 삼열의 마음은 느긋해졌다. 물론 자신이 9이닝까지 던진다고 실점하지 않는다는 보장은 없다. 언제든 안타와 홈런을 맞아 경기가 뒤집힐 수 있었다. 하지만 이번 이닝에서 얻은 2득점은 만족할 만한 점수였다.

삼열은 마음을 가라앉히기 위해 눈을 감았다. 리글리필드의 열기가 너무 뜨거워 거기에 동화되면 안 될 것 같았기 때문이다.

눈을 감자 관중들의 소리가 조금씩 멀어지기 시작하여 마음이 차분해지기 시작했다. 10월의 서늘한 바람이 그의 어깨를 스치며 지나갔다.

시간이 흘러갔다. 6회에 컵스는 더 이상의 점수를 내지 못하고 이닝이 마무리되었다.

"삼열, 일어나!"

어깨를 흔들어 깨우는 에밀리의 행동에 삼열은 눈을 떴다.

"야, 이닝 끝났어. 나가서 죽여 버려."

"오케이."

삼열은 에밀리의 농담을 웃으며 받았다. 그리고 일어나 마운드로 걸어갔다. 오른손을 몇 번 돌리고는 마운드에 섰다. 삼열은 공을 던졌고 타자들은 배트를 휘둘렀다. 시간이 지나도 양 팀에서는 더 이상의 점수는 나오지 않았다.

그리고 마침내 경기는 2 : 0으로 끝났다. 생각보다 힘든 경기였고 다저스의 투수들은 노련하게 경기를 운용했지만 타선이 불발이라 점수를 얻는 데는 실패하고 말았다.

오늘 컵스가 첫 승을 했다. 우승으로 가는 첫 번째 계단을 정복한 것이다. 삼열은 기뻐서 두 손을 하늘 위로 힘껏 들었다. 마치 히말라야 산맥을 탐험하는 등산가와 같은 마음으로 월드시리즈 우승을 향해 올라가기로 마음먹었다.

리글리필드에 있는 컵스의 팬들은 오늘 챔피언십시리즈의 첫 번째 승리를 마치 월드시리즈에서 우승한 것만큼이나 기뻐했다.

삼열도 경기가 마치자마자 1루 쪽 관중석으로 가서 마리아와 줄리아를 만났다. 삼열은 줄리아를 안고 볼에 키스하며 즐거워했다.

"야, 삼열! 감독님이 너 인터뷰하래."

"알았어."

로버트가 큰 목소리로 외치는 말을 듣고 삼열은 딸을 바닥에 내려놓으려고 했으나 줄리아가 떨어지지 않으려고 했다. 삼열은 할 수 없이 딸을 그대로 안고 인터뷰장으로 걸어갔다. 두 손으로 삼열의 목을 꽉 껴안은 줄리아의 얼굴에는 미소가 번졌다.

삼열은 줄리아를 안고 인터뷰를 했다. 기자들이 질문하는 것에 짧고 가볍게 대답을 했다. 일단 승리를 한 것이 중요하고 지금은 집에 가서 쉬고 싶었다.

게다가 품 안에서 자꾸 뒤척이는 줄리아 때문에 삼열은 인터뷰에 집중할 수 없었다. 삼열이 생각하기에는 이때까지 한 인터뷰 중에서 가장 무성의한 인터뷰였던 것 같았다.

삼열은 집으로 돌아와 TV를 틀었다. 욕이나 크게 먹지 않으면 다행이라는 생각으로 뉴스를 보았다. 일단 CNN 헤드라인 뉴스에 삼열의 인터뷰가 가장 먼저 방송되었다.

"앗, 아빠다."

줄리아가 거실에서 팔짝 뛰며 외치는 바람에 삼열도 CNN 뉴스를 주의 깊게 보았다.

—CNN 헤드라인 뉴스의 자니 브라운입니다. 오늘 메이저리그에서 믿을 수 없는 일이 벌어졌습니다. 사건 현장으로 가보겠습니다. 오로라 맥킨 기자입니다.

—오늘 메이저리그 역사상 가장 강력한 스위치 피처가 탄생하였습니다. 내셔널리그 챔피언십시리즈, 시카고 컵스와 LA 다저스의 1차전 경기 5회 초에 컵스의 에이스 삼열 강 선수가 존 조비 선수의 강습 안타를 맞고 쓰러졌습니다. 굉장히 빠르고 날카로운 공이었는데요, 삼열 강 선수는 투구한 후라 미처 자세를 잡지 못한 상태에서 바운드 된 공에 왼쪽 어깨를 맞았습니다. 삼열 선수는 타구에 맞아 쓰러졌고 3분 동안이나 일어나지 못했습니다.

화면에서는 삼열이 타구에 맞아 쓰러지는 장면이 슬로비디오로 펼쳐지고 있었다. 그리고 놀라 부르짖는 컵스 팬들의 표정이 나왔다. 사람들이 깜짝 놀라 두 눈을 크게 뜨거나 자리에서 벌떡 일어나 안타까워하는 장면이었다.

삼열이 그라운드에서 오른손으로 왼쪽 어깨를 부여잡고 고통스러워하는 장면이 생생하게 느껴질 정도로 카메라가 가까이 잡았다. 그리고 다시 오로라 맥킨 기자가 화면에 나왔다.

—아시다시피 삼열 강은 내셔널리그 최고의 투수로 꼽히고 있습니다. 올해 그는 내셔널리그에서 27승 2패에 평균 자책점은 1.75라는 경이로운 성적을 거두었습니다. 메이저리그 6년차인 그는 투수로 활약한 4년 만에 102승을 하기도 하였습니다. 이 선수가 어제 또 한 번의 기적을 연출했습니다. 삼열 강은 2013년 4월에 교통사고로 오른쪽 어깨를 다친 후에 시즌아웃의 상황을 맞이했습니다. 그는 쉽게 오른쪽 어깨가 낫지 않자 2014년에는 타자로 활약했습니다. 원래부터 타격에도 천부적인 재능을 가진 그는 그해에 내셔널리그 홈런왕에 오릅니다. 그리고 올해는 다시 왼손 투수로 변신하여 사람들을 깜짝 놀라게 하였습니다. 그런 그가 어제 경기에서 왼쪽 어깨를 다치게 됩니다. 그리고 다음에 일어난 일입니다. 화면을 봐 주십시오.

로니가 친 타구에 맞아 쓰러졌던 삼열이 일어났고, 마운드에서 연습구를 던지다가 칼스버그 포수를 불러올리는 장면이 화면에 나왔다. 그리고 글러브를 받아 든 그가 다시 오른손으로 공을 던지기 시작하였다.

—오른손으로 공을 던지기 시작한 것입니다. 삼열 강이 던진 직구의 스피드는 최고 102마일이나 나왔습니다. 이후 그는 모든 타자를 삼진과 범타로 처리하면서 가볍게 경기를 마무리하였습니다.

—메이저리그는 신시네티 레드스타킹스(1869년)가 프로 팀으로 창단되면서 시작된 내셔널리그, 그리고 1882년에는 아메리칸리그가 창단됩니다. 그 후 1903년에는 우리가 익히 아는 월드시리즈가 처음으로 치러집니다. 100년도 넘는 메이저리그 역사상 스위치 피처는 단 한 명도 없었습니다. 물론 1882년 루이빌 커늘즈 구단의 토니 뮬레인이 양손으로 공을 던졌습니다. 그때 그는 양손으로 던지기 위해 글러브를 착용하지 않았고, 그 이후에도 4명의 선수가 스위치 피처로 공을 던졌습니다. 하지만 그때의 공은 소프트볼로 아래에서 위로 던지는 정구에 가까운 투구였습니다.

—20세기에 들어와서는 1995년에 몬트리올 엑스포스의 그레그 해리스 선수가 있는데요, 신시내티 레즈와의 경기에서 단 1이닝 동안 4타자를 상대로 오른손과 왼손을 교대로 사용하여 경기를 치른 적이 있습니다. 9회에 등판해 지고 있는 경기에서 하나의 이벤트성 투구를 한 것이었습니다. 요즘 제법 유명해진 양손잡이 선수로는 뉴욕 양키스의 팻 밴디트 선수

가 있는데요, 그는 2010년 메이저리그 시범 경기에 등판하기는 했지만, 정식으로 메이저리그에는 데뷔하지 못했습니다. 그래서 21세기 최초의 양손잡이 투수는 삼열 강이 되었으며, 메이저리그 역사로는 7번째의 스위치 피처입니다. 자, 그렇다면 100년이 넘는 메이저리그 역사상 스위치 타자는 셀 수도 없을 만큼 많은데 왜 투수는 없는 것일까요?

오로라 맥킨 기자가 화면에서 사라지고 제구력의 제왕 그레그 매덕스가 나왔다.

—양손요? 하하, 그건 장난하는 거죠. 좌타자에게 좌완투수가 유리한 것은 사실이지만 그것은 그렇게 중요한 게 아닙니다. 공을 어떻게 던지느냐 하는 매커니즘을 익히는 것은 한순간에 되는 것이 아니죠. 정말 오랜 시간을 익혀야 되는 공이 있고 반면에 쉽게 익힐 수 있는 공도 있습니다. 예를 들면 포심 패스트볼은 대부분의 투수가 금방 익힙니다. 반면 너클볼은 통산 5년에서 10년은 익혀야 제대로 던질 수 있지요. 구질을 익히는 것만 문제가 되는 것은 아니죠. 제대로 던지려면 더 많은 시간이 걸립니다. 그걸 오른손, 왼손으로 바꿔가면서 던지는 것은 바보나 하는 짓이죠.

—그럼 삼열 강 선수는 어떻게 된 것이죠?

—그는 천재죠. 여기서 그는 제외됩니다. 하지만 전 삼열 강이 한 이닝에 오른손과 왼손을 바꿔가며 던지는 바보 같은 짓

은 안 할 것이라고 봅니다. 그렇게 하지 않아도 그는 이미 메이저리그의 최고 투수입니다. 하하, 뭐 심심해서 한두 번은 해볼 수는 있지만 경기에 미치는 영향은 거의 없다고 봐야죠.

오로라 맥킨 기자가 다시 멘트를 했다. 갈색 머리를 가진 그녀의 목소리는 섹시한 비음이 섞여 있어 듣는 사람으로 하여금 편안한 느낌을 갖게 했다.

—컵스의 의료진의 말에 의하면 삼열 강 선수의 왼쪽 어깨의 부상은 심하지 않으며 하루나 이틀이면 나을 것이라고 합니다. 그렇다면 이제 메이저리그에서 양손으로 던지는 삼열 강을 보게 될 것입니다. 아마도 컵스가 월드시리즈에 진출하게 된다면 삼열 강 선수가 하루는 오른손으로 던지고 다음 날은 왼손으로 던지는 경기를 보게 될지도 모릅니다. 이상 오로라 맥킨이었습니다.

이후에도 몇몇 야구 전문가가 나와 양손 투수에 대한 견해를 소개하기도 했지만 삼열은 TV를 껐다. 삼열은 양손 투구에 대한 기사보다는 오히려 인터뷰하는 내내 자신의 얼굴을 만지고 놀던 줄리아의 귀여운 얼굴이 더 기억났다.

예상했던 무성의한 인터뷰에 대한 이야기가 나오지 않자 삼열은 관심을 끊었다. 하지만 삼열이 마리아와 달콤한 잠을 자는 동안 그가 예상하지 못한 일들이 일어났다.

가장 먼저 컵스의 팬들이 올해는 반드시 월드시리즈에 진출할 수 있을 것이라는 확고한 믿음을 가지게 되었다는 점이다.

사람들은 지나가면서 '뭐, 삼열 선수가 하루는 왼손, 다른 날은 오른손으로 던져 경기를 끝내버리면 되지!' 하며 농담을 하곤 했다. 물론 양손으로 던질 수 있다고 그렇게 할 수는 없다. 체력이 버텨 줄 리가 없기 때문이다.

다음으로는 CNN과 같은 전국적인 지역망을 가진 방송사에서 삼열에 대해 대대적으로 방송을 내보냄으로 말미암아 삼열이 전국적으로 알려지게 되었다. 야구를 좋아하지 않는 사람들도 100년 만에 처음 나온 선수라고 하니 관심을 갖게 된 것이다. 그래서 그는 하룻밤 사이에 타이거 우즈만큼이나 유명한 사람이 되어버렸다.

아침을 먹고 나서 마리아가 신문을 보더니 '어머, 와!' 하며 감탄을 했는데 그녀가 본 기사는 모두 삼열에 관한 것들이었다.

—믿을 수 없는 기적의 5회. 삼열 강 투수, 메이저리그를 점령하다. 「시카고 트리뷴」

—컵스의 수호신으로 떠오른 삼열 강, 이젠 오른손으로 던진다. 「월스트리트 저널」

—믿을 수 없는 기적의 사나이, 삼열 강! 그는 100년의 저주를

마침내 깰 것인가?「워싱턴 포스트」

모든 신문이 삼열 강에 대해서 특집으로 다루고 있었다. 스포츠 뉴스를 잘 다루지 않던 워싱턴 포스트조차 2면에 걸쳐 삼열에 대해 기사를 실었다.

컵스 구단은 아침부터 팬들로부터 걸려오는 격려 전화에 정신이 없었다.

아침을 먹고 TV를 켜니 역시나 삼열이 어제 한 인터뷰가 나왔다.

—언제부터 오른손이 완치되었습니까?

—올해 초에 오른손이 나은 것을 알았습니다.

—그러면 왜 그동안 오른손으로는 투구하지 않았나요?

—왼손으로 잘 던지고 있었으니까요. 귀찮게 뭐하러 글러브를 바꿉니까?

삼열의 퉁명스러운 대답에 질문했던 여기자가 당황하는 것이 화면에 나왔다.

—따님인 줄리아가 우는 모습을 보고서는 어떤 마음이 들었습니까?

—딸이 울 것이라고는 생각도 못 했습니다. 다음부터 다쳐도 벌떡벌떡 일어나야겠다고 생각했습니다.

삼열의 말에 기자들이 웃기 시작했다. 생각보다 분위기가 나쁘지 않았다.

삼열은 화면으로 그 사실을 보고는 안심했다. 기자들도 알고 보면 속이 좁은 사람이 많아서 무데뽀인 삼열이도 어제는 조금 걱정을 했다.

어제 1승은 1승 이상의 가치를 가졌다. LA다저스의 감독 호세 마르샬이 인터뷰에서 'LA다저스의 전망은 밝지 않다. 왜냐하면 컵스엔 삼열 강이 있기 때문이다'라고 말했다. 이는 그가 오른손으로도 공을 던질 수 있다는 것을 알고 난 후에 한 인터뷰라 다저스의 팀 분위기가 좋지 않다는 것을 말해주는 것이었다.

단체 경기에서 분위기는 생각보다 중요한 요소가 된다. 그리고 챔피언십시리즈와 같은 단기전은 더욱 그러했다. 역시나 벅 쇼가 던진 2차전에서 컵스는 일방적인 경기 내용으로 이겼다.

벅 쇼가 2차전을 승리로 끝낸 그날부터 샘슨사에는 삼열의 광고 계약을 문의하는 전화가 폭주하기 시작했다. 그 소식을 들은 나이키의 조나단 사장은 삼열을 미리 선점한 것으로 인해 웃으며 직원들에게 커피를 샀다.

삼열의 호투에 신이 난 사람은 그만이 아니었다. 누구보다 기뻐한 사람은 존스타인 사장이었다. 다시 5년 동안 계약을 연장하여 여유가 있었다. 하지만 자신이 컵스를 맡은 이후 컵스의 이미지가 이렇게 좋아질 줄은 몰랐다.

워싱턴 내셔널스를 전국적인 팀으로 알린 것은 마틴 스트라우스의 100마일에 달하는 공이었다. 미국의 야구는 스타가 유명하면 팀도 덩달아 유명해지는 구조로 되어 있다.

베이브 루스가 양키스로 트레이드되자 양키스의 관객은 그 해 두 배나 늘었다. 이것은 야구뿐만 아니라 스포츠 모두에 해당이 된다. 미국의 골프가 유명한 것은 상금이 많아서가 아니라 타이거 우즈가 있기 때문이다.

컵스에는 삼열이 있다. 이처럼 전국구 스타가 1명만 있으면 구단은 금방 유명해진다. 또한 실력 있는 선수들도 그런 구단에 몰린다.

불과 몇 년 전이라면 컵스로의 트레이드는 거부했을 선수들이 기꺼이 오는 것도 모두 다 삼열이라는 강력한 스타가 있었기 때문이다.

존스타인은 커피를 마시며 생각에 잠겼다. 손가락으로 테이블을 톡톡 치는 그의 특유의 버릇이 나왔다.

"안타깝군. 작년에 10년짜리 계약을 했어야 했는데."

이제 삼열은 1년만 더 뛰면 FA가 된다. 작년에 타자로 괜히 뛰게 했나 싶었지만, 사실 그렇게 안 했어도 삼열이 워낙 지명도가 있는 선수라 완전히 낫지 않아도 불펜 투수로라도 뛰었을 것이기에 아쉬움을 달랬다.

"작년에 계약해야 했는데. 장기 계약은 물론 단기 계약까지 거부를 했으니, 이거 참……."

삼열은 일반 선수들과 반대로 행동했다. 대부분의 선수들은 FA가 되기 전의 해에 피치를 끌어올려 장기 계약을 하려고 한다. 하지만 삼열의 경우 구단에서 장기 계약을 하자고 쫓아다녀도 도망가 버리니 미치고 환장할 지경이었다.

존스타인은 삼열이 없는 컵스는 생각할 수 없었다. 삼열이 빠진 컵스는 다시 예전으로 돌아가 버릴 것이 분명하기 때문이다.

"하아~ 이 녀석은 왜 계약을 안 한다는 거야?"

막말로 월드시리즈 우승을 해도 삼열을 잡지 못하면 무능하다는 말을 들을 판이었다. 그만큼 시카고에서 삼열의 인기는 절대적이었다.

"끄응."

존스타인은 신음을 터뜨렸다. 어제 경기만 해도 관중들 대부분이 구단에서 판매하는 저지보다 파워 업 티셔츠를 입고 왔다. 그렇다고 구단의 티셔츠가 안 팔리는 것은 또 아니었다. 그것은 그것대로 잘나가고 있었다.

존스타인은 일어나 창문으로 리글리필드를 바라보았다. 100년 전에 지어진 구장이 오늘따라 낯설게 느껴졌다. 사실 그의 가장 큰 성과는 레드삭스의 더블A리그에 있던 삼열을 유망주 2명을 내주고 데려온 것이었다.

요즘은 사고를 치지 않고 있지만 악동인 그가 컵스에 있음으로써 오히려 팀 분위기가 밝아졌다. 그리고 메이저리그의 그 어떤 구단보다 컵스의 선수들은 자발적으로 많은 훈련을 소화해 낸다. 모두 삼열이 때문이다. 그가 워낙 무지막지하게 훈련을 하니 다른 선수들도 따라 했던 것이다.

"반드시 잡고 만다."

존스타인이 벌떡 일어나 전화를 걸었다. 삼열의 부인 마리아에게 전화하는 것이었다.

존스타인은 컵스 선수들이 LA에 가 있는 동안 마리아와 줄리아에게 아부하느라 정신이 없었다. 마리아는 컵스의 직원이었던 적이 있었기에 존스타인의 전화를 거절할 수 없었다. 게다가 사장이 직접 찾아와 만나자고 하는데 안 만날 수도 없었다.

커피숍에서 마리아를 만난 존스타인은 만나자마자 도와달라고 읍소를 했다. 그는 삼열이 가족들을 끔찍하게 위한다는 것을 잘 알고 있다. 딸 줄리아가 머리에 공을 맞았을 때는 시합을 내팽개치고 관중석으로 달려간 것을 직접 보지 않았던가.

"그러니 도와주십시오. 삼열 선수가 없으면 컵스는 없는 것입니다."

마리아는 존스타인의 말에도 아무 말 없이 가만히 있었다. 마리아는 삼열이 장기 계약을 선호하지 않는다는 것을 알고 있었다.

"존스타인 씨, 남편은 기질적으로 장기 계약을 싫어해요. 컵스뿐만 아니라 그 어떤 구단과도 장기 계약은 하지 않을 확률이 높아요."

"아니, 그게 왜……?"

"남편은 장기 계약을 하게 되면 게을러진다고 하더군요. 그리고 실력보다 더 많이 돈을 받는 것은 부담스럽고, 또 실력보다 더 적은 돈을 받는 것도 기분이 안 좋다고 하고요."

"아, 그렇군요."

존스타인은 마리아의 충고에 정신이 번쩍 들었다. 삼열이 10년간 장기 계약을 하게 되면 2억 5천만 달러 정도 받을 수 있을 것이다. 하지만 단기 계약을 한다면 그보다 훨씬 더 많은 돈을 받을 것이다. 올해만 해도 삼열이 챙긴 돈은 2,200만 달러다. FA가 되면 부르는 게 값이 되고 말 것이다.

한창 절정기에 있는 삼열은 한해 3천만 달러의 연봉을 받을 것이고 옵션으로 또 적지 않은 돈을 챙길 것이다. 그렇게 구단이 많은 돈을 투자한다고 해도 장기 계약이 아니기에 위험부담은 크지 않다.

'그는 정말 광오할 만큼 자신감이 있구나.'

존스타인은 마리아와의 대화를 통해 삼열에게 단기 계약을 제시해야 한다는 것을 깨달았다. 이제 1년만 더 지나면 삼열을 붙잡지 못하게 될 수도 있다. 이번 스토브리그에서 그와 반드시 연장계약을 할 생각을 했다.

존스타인은 마리아와 헤어져 구단 사무실로 돌아오면서 삼열이 의외로 작은 일에 관심이 많은 것을 기억했다. 그는 어느 날 갑자기 KBS ESPN과 계약을 할 것을 요구했었다.

'생각보다 쉽겠군. 장기 계약만 아니라면 가능하겠지. 후후, 난 이제 알 것 같다. 너의 아킬레스건이 무엇인지.'

마리아를 만나고 온 존스타인은 자신만만한 웃음을 지었다. TV를 켜자 컵스와 다저스의 3차전이 막 시작되고 있었다. 존스타인은 차를 마시며 환하게 웃었다.

4. 마구 스크루볼

존스타인은 비서에게 몇 가지 지시를 내리고 나서는 회심의 미소를 지었다.

그는 삼열이 컵스와 계약 자체를 안 하려고 하는 줄 알았다. 하지만 요즘 삼열이 승리에 대해 목말라 하는 것을 지켜보고는 자신이 잘못된 정보를 가지고 있다고 생각을 하게 되었고, 오늘 마리아를 만나서 자신의 생각에 확신이 들었다.

삼열이 컵스와 계약을 안 하겠다는 하는 것이 아니었다. 다만 다른 선수들과는 판이한 삼열의 의식구조가 문제였다. 그렇다면 재계약에 문제 될 것이 없었다.

요즘 같은 성적이라면 엄청난 금액으로 계약해야 하겠지만, 컵스가 삼열과 단기 계약을 하게 된다면 삼열이 먹튀가 될 가능성은 거의 없었다. 단기 계약이기 때문이다. 다만 삼열이 언제 다른 팀으로 가게 될지도 모른다는 점이 불안요인으로 남게 된다.

존스타인은 어둠이 짙어지는 리글리필드를 바라보며 새로운 계획들을 세웠다. 그리고 그 계획은 컵스가 지금보다 더 강한 팀이 되는 데 필요한 것이다. 그러기 위해서는 삼열이 반드시 필요하다.

LA다저스의 홈경기로 치러지는 3차전조차 컵스가 2 : 1로 이겼다. 선발투수 존 가일은 챔피언십시리즈에서 모처럼 첫 승을 거둬 무척이나 기뻐했다.

3차전 승리를 본 삼열은 4차전에서 자신이 끝내야 한다는 것을 알았다.

LA다저스가 생각보다 맥없이 무너져서 조금 어이가 없긴 했다. 다저스 선수들은 메이저리그에서 좌·우완을 번갈아 던질 수 있는 스위치 투수가 탄생한 것에 충격을 받았는지 제대로 실력을 발휘하지 못하였다. 그냥 그저 그런 양손잡이 투수가 아니라 메이저리그 최고의 투수가 좌·우완으로 공을 던질 수 있게 된 것은 정말 쇼킹 그 자체였다.

챔피언십시리즈를 관전하는 팬들은 어떤 팀이 이길 것인가

하는 것보다는 삼열에게 더 관심을 가졌다. 100년의 역사 속에서 가장 완벽한 스위치 피처의 탄생은 야구를 사랑하는 사람들에게는 너무 충격적인 소식이었기 때문이다.

기자들도 삼열에 대한 취재에 몰두했다. 원래 기사라는 것이 특이하고 쇼킹한 것일수록 효과가 좋다. 메이저리그 최고의 투수가 좌·우완 스위치 피처라는 것은 매우 강력한 이슈거리였다.

어떻게 이것이 가능하냐는 원론적인 내용에서부터 실질적으로 삼열 강이 좌·우완으로 번갈아 던지면 1년에 몇 승을 거둘 수 있을 것인가 하는 예측성 내용들까지 전문가의 의견을 덧붙여 기사화했다.

삼열은 4차전을 하는 당일 연습장에서 공을 던지며 칼스버그와 함께 몸을 풀었다.

공을 던지면서 몸의 상태를 체크해 보았다. 미카엘이 심장에 넣어준 불의 꽃이 그의 몸을 인간 그 이상으로 만들었다. 미카엘이 삼열에게서 신성력을 회수해 갈 때 충분한 양을 남겨준다고 했었는데, 사실 충분하지는 않았지만 보통의 인간과는 비교가 되지 않았다.

칼스버그가 공을 받다가 포수 마스크를 벗고는 그 자리에서 일어나 삼열에게 걸어왔다.

"오늘도 공이 좋은데, 몸은 어때?"

"응. 잘 쉬었잖아."

"하하! 그나저나 LA다저스가 이렇게 쉽게 무너질 줄은 몰랐네. 하긴 다저스가 챔피언십시리즈에 올라온 것 자체가 신기한 일이긴 하지. 확실히 호세 마르샬 감독이 명장은 명장인가봐."

"단기전은 기세 싸움이니까 그렇지."

칼스버그는 기특하다는 듯이 삼열의 어깨를 두드렸다. 가끔 그는 삼열이 외계인이 아닐까 하는 이상한 생각을 할 때가 있다. 그만큼 삼열은 일반적인 투수와는 무척이나 달랐다. 마치 무쇠로 만들어진 것 같았다.

포수가 되면 누구보다 투수의 상태에 민감해지게 된다. 투수의 상태에 따라 시합에서 요구하는 구질이 달라지기 때문이다. 일반적으로 컨디션이 안 좋은 날은 직구보다 브레이킹볼이 잘 듣지 않는다. 손가락의 악력에 의해 미묘하게 변화하는 공들은 투수의 컨디션에 예민하게 반응할 수밖에 없다.

그런 면에서 보면 삼열은 그 어떤 선수보다 기복이 없었다. 어떻게 인간이 그럴 수 있을까 싶을 정도로 한결같았다.

"오늘 저녁에도 파이어 하자고."

"물론이지."

삼열은 칼스버그의 말에 고개를 끄덕이며 동의를 했다.

삼열도 4차전에서 경기를 끝내고 싶었다. 오늘 끝내면 월드시리즈 개막전까지 4일간의 시간을 가질 수 있게 된다. 그래서 오늘 승부를 보고 쉬고 싶었다.

삼열은 시합이 남아 있어도 끊임없이 이어지는 인터뷰 요청에는 냉담하게 반응했다.

원래 이익이 생기지 않으면 움직이지 않는 그의 성격상 시합을 앞두고 인터뷰를 하는 것은 바보 같은 짓이었다. 물론 기자들도 인터뷰가 될 것으로 생각하고 신청하는 것은 아니었다. 그럼에도 그렇게 하는 이유는 이후에 인터뷰를 따낼 때 조금이라도 유리해질 것이라 생각하기 때문이다.

'월드시리즈를 우승할 때까지 멈추지 말자!'

삼열은 언제부터 생겼는지 모르는 이런 열망에 자신이 빠진 것을 깨달았다. 삼열은 포스트시즌과 같은 단기전에 정말 자신 있었다. 우승을 위해 몸이 망가지는 것을 감수할 생각은 없지만, 몸이 괜찮다면 조금은 평소와 다르게 무리할 수도 있다고 생각했다. 월드시리즈 우승은 그만큼 가치가 있으니까.

시간이 빠르게 흘러갔다.

삼열은 경기 시간이 가까워질수록 흥분과 기대감이 생겼다. 상대 팀은 이미 사기가 꺾인 상태였다. 그리고 전력이 향상된 컵스는 어지간하면 중간에서 맥없이 무너지는 일이 발생하지 않는다.

컵스의 팬들뿐만 아니라 야구를 좋아하는 사람들은 컵스가 월드시리즈에 진출하는 것을 당연시 여겼다. 27승의 양손잡이 투수가 있는 컵스는 가장 강력한 우승 후보 중 하나가 되었다.

삼열은 그라운드에 서서 관중석을 가득 메운 파워 업 셔츠를 입은 사람들을 보았다. 1루의 홈 응원석을 제외하고는 거의 컵스의 팬이었다. 원정경기 같지 않게 컵스를 응원하는 뜨거운 열기로 인해 마치 리글리필드에서 홈경기를 하는 것 같았다.

LA는 전통적으로 한인이 많이 살고 있어 많은 한인이 삼열을 응원하러 온 것이다. 그들은 매표소에서 밤을 지새우며 티켓을 샀고 뜨거운 마음으로 삼열을 응원했다.

박찬호 이후에 가장 뜨거운 열기가 한인 사회를 강타한 것이다. 그들은 누구보다 삼열을 강하게 지지했다. 외롭고 힘든 타향살이 중 삼열의 등장은 한인 사회에 신선한 충격을 주었고, 곧 자부심이 되었다.

1회 초는 컵스의 타자들이 범타로 물러났지만 분위기는 나쁘지 않았다. 에이스 빌리브 쇼가 약간의 어깨 부상이 있어 오늘 경기에 출전하지 못하게 되었기에 제4선발인 에드가 빈센트가 등판하였다. 그는 2006년 내셔널리그 다승왕과 탈삼진 1위를 했으며 올해는 10승 10패에 평균 자책점 3.61을 기록했다.

그는 신시네티 레즈에 있을 때 혹사를 당했다. 2006년 16승으로 내셔널리그 다승왕을 차지하기도 했지만 2008년 5월에는 8일 만에 3번 등판하여 239개의 공을 던지면서 망가지기 시작했다.

레즈의 감독은 악명 높은 더서티 베인 감독이었고 그는 투수들에게 지나치게 많은 이닝을 요구하였다. 그 후 부진과 부상을 반복하다가 최근에야 다시 재기에 성공했다.

더서티 베인이 투수를 망치는 감독이라는 말을 듣는 이유는 중요하지 않은 경기에 선발투수로 하여금 너무 많은 공을 던지게 하기 때문이다.

가장 나쁜 감독은 컨디션이 엉망임에도 불구하고 격려와 조언을 함으로써 선수가 마운드에서 열심히 던지게 하는 사람이다.

인간의 심리를 교묘하게 이용하여 필요 이상의 힘을 쏟게 만들면 결국 몸이 망가지게 된다. 선수가 그것을 알아차렸을 때는 이미 모든 것이 끝난 뒤가 대부분이다.

삼열은 에드가 빈센트 같은 선수를 배려하지 않는 쓰레기 같은 감독이 명장이라는 소리를 듣는 것에 구역질이 났다. 물론 무리를 하는 선수도 문제라고 할 수 있다.

하라고 하는 선수도 바보지만, 기본적으로 선수의 생명을 갉아먹는 무리한 등판만큼은 시키지 말았어야 한다.

선발투수가 정규 시즌 중 8일에 세 번이나 등판하는 것은 어떠한 상황에서도 일어나서는 안 된다. 인간의 몸은 기계가 아니다. 기계도 무리하면 고장이 나는데 하물며 사람은 더 말할 나위가 없다.

삼열이 컵스에 오고 난 후 가장 싫어했던 점이 바로 이런 문화였다.

팀을 위해서는 몸이 부서져도 뛰겠다는 잘못된 승부욕, 그리고 저주에 짓눌려 선수를 혹사시키는 것을 당연하게 여기는 잘못된 관행과 생각들이었다. 그런데 다행스럽게도 베일카르도 감독은 선수들의 컨디션을 무시하고 오직 성적만 요구하는 그런 감독은 아니었다. 그래서 삼열도 베일 카르도 감독의 말을 잘 듣는 것이다.

3번 타자 레리 핀처가 7구 끝에 삼진으로 물러나는 것을 보며 삼열은 벤치에서 일어나 천천히 마운드로 올라갔다. 그가 두 손을 위로 번쩍 들어 파워 업을 작게 외치자 관중석에 있는 팬들이 그를 따라 파워 업을 외치기 시작했다. 그리고 곧 거대한 파워 업의 물결이 다저스타디움을 가득 메웠다.

그 모습을 보고 호세 마르샬 감독이 쓴웃음을 지었다. 도대체 홈경기인지 원정경기인지 구분이 되지 않는다. 아니, 홈팀 다저스가 마치 원정경기를 하는 것 같았다.

화도 나고 속도 상했지만 아직 리빌딩이 제대로 되지 않은 다저스로서는 올해 챔피언십시리즈에 나온 것만으로도 기대 이상의 선전을 한 것이었다.

특급 투수가 버티고 있는 컵스를 상대하는 것은 정말 너무 어려운 일이었다.

트레이 힐만 벤치 코치가 호세 마르샬 감독 옆에서 나지막하게 한숨을 내쉬었다. 삼열이 마운드에 서자 1번 타자 디제이비 고든이 왜소하게 보인 탓이다.

'심리적으로 이미 지고 들어가고 있군.'

전략회의에서 컵스를 공략하는 방법에 대해 심도 있게 토의를 했지만 대부분의 스태프가 다저스가 컵스를 이길 것으로 생각하지 않았다. 단기전에서만큼은 삼열과 같은 특급 투수가 실수하지 않는 한 공략하는 것은 불가능하기 때문이다.

삼열이 공을 던질 때마다 번개처럼 꽂히는 공의 속도에 사람들은 환호성과 동시에 신음을 토해냈다.

펑.

"스트라이크."

주심 빌헤름 벌만의 소리가 나지막하게 그라운드를 울렸다.

디제이비 고든은 오늘 경기에서 마음을 비웠다. 하지만 끝까지 포기하지는 않을 생각이다. 다음 해에도 이 괴물 같은 투수를 상대해야 하기에 좀 더 적극적으로 대응할 필요가 있다고 보았다.

문제는 불같은 그의 강속구였다. 이 미친 강속구는 제구력까지 정교하다. 이런 공은 아무리 베테랑 타자라 하더라도 정말 쉽지 않다.

CNN이나 시카고 트리뷴뿐만 아니라 정말 많은 방송사에서 삼열의 경기에 관심을 보이며 실시간으로 방송하고 있었다. 역대 챔피언스시리즈의 경기 중 가장 많은 기자가 와 있었다.

베일 카르도 감독은 오른손으로 공을 던지는 삼열을 보며 생각에 잠겼다.

—만약 왼손이 나으면 경기 중에 손을 바꿔서 던질 생각이 있으신가요?

—귀찮게 그걸 왜 해요?

그는 삼열이 한 말을 생각하며 피식 웃었다.

생각보다 상대 팀의 투수 에드가 빈센트의 구위가 좋았지만 그렇다고 컵스의 타자들이 공략하지 못할 정도는 아니었다. 타순이 한 바퀴 돈다면 곧 타격 타이밍을 잡기 시작할 것이다.

디제이비 고든이 4구만에 삼진을 당해 물러나자 관중석에서 박수가 터져 나왔다. 홈경기임에도 이런 어이없는 반응에 디제이비 고든은 짜증이 났다. 더그아웃에 들어와 신경질적으로 게토레이를 벌컥벌컥 마셨다. 왠지 창피하고 수치스러운 경기였다.

존 엘비스가 2구만에 투수 앞 땅볼로 아웃되자 다저스의 분위기가 급속하게 위축되기 시작했다.

엘비스는 더그아웃으로 들어와 신경질적으로 물통을 발로 찼다. 그러고는 움찔 놀랐다. 더그아웃에서 행패를 부리면 경고를 받을 수 있고 메이저리그사무국에서 벌금을 매길 수도 있기 때문이다.

—하하, 존 엘비스 선수 어이없는 공에 배트가 나가 아웃되니 화가 나는 모양입니다.

—그래도 저러면 안 되죠. 야구는 그 어떤 스포츠보다 신사적이어야 합니다. 비매너 행동은 환영을 받지 못합니다. 메이저리그 사무국의 제재도 받을 수 있고요.

—송재진 해설위원님, 오늘 강삼열 선수의 구위는 어떻습니까?

—삼열 선수의 공이 너무 무겁지도 않고 그렇다고 가볍지도 않은 것 같군요. 그리고 제구력이나 무브먼트, 모두 좋습니다. 그는 정말 대단한 투수인 것만은 틀림없습니다.

—아, 3번 타자 JK. 뎀프에게 던진 공이 뭔가요? 커브 같은

데 공의 방향이 이상하군요. 우타자인 JK. 뎀프의 몸 쪽으로 공이 파고드는 것 같군요.

—글쎄요. 하하, 설마 스크루볼은 아닐 것입니다. 메이저리그에서 그 공을 던지는 투수는 단 한 명도 없으니까요.

—혹시 삼열 선수가 그동안 새로운 구질을 익힌 것은 아닐까요?

—가능성이 없지는 않지만 쉽지는 않습니다. 오늘날에는 스크루볼이 선수에게 위험한 투구라는 것에 이의를 제기하는 전문가들이 많아졌죠. 문제는 스크루볼의 투구 폼이 아니라 릴리스포인트에서 너무 급격히 멈추는 행위 때문이라고도 합니다. 그러나 확실히 조금 전의 커브는 이상한 것 같습니다.

송재진 해설위원도 속으로는 삼열이 조금 전에 던진 공이 스크루볼이라고 생각했지만 단언하는 것에는 조심스러웠다. 메이저리그에서 그 어떤 투수도 던지지 않는 공을, 그것도 팔목에 무리를 주는 공을 삼열이 뭐가 아쉬워서 던진단 말인가.

스크루볼의 대제 칼 허벨의 경우는 강속구가 없었다. 그래서 스크루볼을 크리스티 매튜슨보다 더 자주 던져야 했다. 그 결과 그는 통산 253승을 했지만 왼팔이 망가져서 고통스러운 말년을 보내야 했다.

반면 크리스티 매튜슨의 경우에는 강속구가 있어 많은 스크루볼을 던지지 않았다.

삼열은 100마일의 강속구와 커브, 커터, 포심, 체인지업, 투심 등 구질이 다양하다. 제구력 역시 무척이나 좋아 굳이 스크루볼을 던질 이유가 없었던 것이다. 그러니 그는 보고서도 믿지 못한 것이었다.

JK. 뎀프가 삼진으로 물러나면서 1회가 마무리되었다. 송재진은 장영필과 이야기를 하면서 급하게 조금 전의 장면을 돌려보았다.

삼열의 공이 바깥쪽에서 급격하게 안쪽으로 꺾여서 들어왔다. 낙차도 커서 마치 포크볼을 보는 것 같았다. 송재진은 모니터의 느린 그림을 보고는 두 눈을 크게 뜨고 입을 벌렸다.

"오, 맙소사! …믿을 수가 없군!"

"뭐가요? 혹시, 정말 그것인가요?"

"맞아, 틀림없어."

"……!"

"…하! 미치겠군, 인간이 정말 맞는지 의심스럽군!"

"그러게요."

두 사람이 감탄하고 있을 때 전광판에 조금 전의 삼열의 투구가 느리게 나오고 있었다. 사람들은 아직 그것이 무엇을 의미하는지 몰랐다. 공수가 교체되는 타이밍이라 관심들이 없었던 것이다. 그중의 몇몇 사람만이 이상한 것을 느끼고 옆 사람과 소곤거리고 있었다.

1이닝을 마치고 들어온 삼열은 회심의 미소를 지었다. 어차피 던질 스크루볼이었다.

던지려고 배운 공이니 오늘 던진 것이다. 실전에서 던져야 한다면 오늘같이 부담이 없는 날에 하는 것이 나았다. 어차피 스크루볼이 노출되어도 상관없었다. 안다고 칠 수 있는 공이 아니기 때문이다.

삼열이 미소를 짓는 동안 관중석에서 조금씩 소란이 일어나고 있었다. 시간은 흘렀고 시합은 계속되었다. 각 방송사의 해설위원들이 스크루볼을 계속 언급했지만 그것은 시합 중에 관중석에는 알려지지 않았다.

경기가 끝나고 어떤 소동이 벌어질지는 다저스타디움에 있던 사람들은 전혀 짐작조차 하지 못했다.

"오늘도 삼열이 죽이는군."

하재영은 더그아웃에서 경이로운 표정으로 삼열이 공을 던지는 것을 지켜보았다. 그는 어렵게 메이저리그에 올라왔지만 선발 출전은 쉽지 않았다. 기존의 선수들이 워낙 잘하고 있었기 때문에 간간이 대타로 출전하는 정도였다.

"저 녀석은 괴물 그 자체야."

벅 쇼가 재영의 말에 대답하면서 그의 어깨를 툭툭 쳤다. 삼열이 재영과 친하게 지내는 것을 알고 벅 쇼도 그와 잘 지

내려고 하는 중이었다.

미소를 짓는 재영이 나직하게 한숨을 내쉬는 것을 보고는 다시 그의 등을 가볍게 쳤다. 그 역시 메이저리그에 올라왔을 때 제대로 활약하지 못해 헤맨 적이 있었다. 그래서 누구보다 재영의 심정을 잘 알고 있었다.

재영과 벅 쇼, 그리고 그의 옆에는 스테판 웨인이 같은 표정으로 마운드를 바라보았다.

—정말 스크루볼이었군요. 믿을 수가 없습니다. 교통사고를 당해 왼손으로 던지던 투수가 한순간에 세계 3대 마구 중 하나인 공을 던지고 있습니다.

—하하, 이거 방송 중 죄송한 말씀이지만 미치겠군요. 스크루볼을 던지는 투수는 너클볼 투수보다 더 적습니다. 미키 웰치가 처음 스크루볼을 던진 이후로 메이저리그에서 가장 강력한 투수가 스크루볼을 던지는군요. 스크루볼은 칼 허벨이 던져 유명해졌지만 크리스티 매튜슨 역시 이 공으로 재미를 봤습니다. 특히 미키 웰치의 경우는 메이저리그에서 307승 210패를 한 전설적인 투수입니다. 웰치는 1884년 한 해에만 무려 39승이나 거뒀습니다. 하하, 지금은 꿈에도 생각할 수 없는 승수죠. 그는 팀 동료였던 팀 키프와 같은 강속구가 없었기에 오로지 이 스크루볼에 의지해야 했습니다. 제가 이렇게

장황하게 말씀을 드리는 이유는 스크루볼이 그만큼 위력적인 공이라는 것입니다. 커브나 슬라이더와 반대로 휘어지기에 역회전 볼로도 알려진 이 공은 제대로만 던지면 거의 치기 힘든 마구입니다.

—제가 이런 말씀을 드리면 강삼열 선수에게 실례가 되겠지만 저는 가끔 삼열 선수가 인간 같지 않을 때가 있다고 느낄 적이 많습니다. 오늘도 그런 날이고요. 송재진 해설위원께서는 어떠십니까?

—저도 뭐 별수가 없지요. 저는 더 자주 그런 생각을 합니다. 8회가 되는 시점에서 삼열 선수 1실점을 했지만 오늘도 역시 완벽한 투구입니다. 홈런 한 방을 맞은 것은 아마도 실투로 보였습니다. 뭐, 저런 경우는 어쩔 수가 없습니다. 아차 하는 순간에 공의 실밥에 손가락이 제대로 걸리지 않거나 팔의 각도나 릴리스포인트가 조금만 틀려도 실투는 언제든지 나올 수 있으니까요.

—아, 삼열 선수 8회를 끝으로 마운드를 내려갈 모양입니다. 삼열 선수 타석에서 우리 대한민국의 하재영 선수가 대타로 들어오는군요. 하재영 선수 올해 메이저리그로 올라왔지만 나름대로 제 역할을 잘해주고 있지요?

—그렇습니다. 하재영 선수, 메이저리그에 올라와 42경기에 나왔는데요, 물론 주로 교체 출전이지만 꽤 괜찮은 성적을 거

두고 있습니다. 안타 28개에 타율이 0.262이군요. 메이저리그에서 저 정도의 성적이면 굉장히 잘하고 있는 것입니다.

—아, 하재영 선수 좌익수 뒤로 강력한 타구를 보냅니다. 2루타입니다.

송재진 해설위원과 장영필 아나운서는 신이 나 방송을 했다. 오늘 경기가 끝나면 컵스는 대망의 월드시리즈 진출을 하게 된다. 송재진은 그 생각을 하면 심장이 콩딱콩딱 뛰었다. 자신이 직접 그라운드에서 뛰는 것은 아니지만 그보다도 더한 흥분과 긴장이 되었다. 월드시리즈 방송 중계라니! 생각만 해도 흐뭇했다.

오늘 삼열은 빠르고 가볍게 공을 던졌다. 비록 경기에서 1실점을 했지만 점수는 4 : 1로 컵스가 3점이나 앞섰다. 삼열이 마운드에서 내려가면서 경기 내내 응원해 준 팬들에게 손을 들고 인사를 하자 큰 박수 소리가 다저스타디움에 가득했다.

호세 마르샬 감독은 삼열에 대한 팬들의 일방적인 지지와 환호에 어이가 없었다. 여기는 다저스 구장, 그런데도 삼열에 대한 일방적인 환호를 한다. 한마디로 허탈했다. 물론 여기 LA에 한인들이 많이 살고 있다는 것을 감안해도 좀처럼 믿을 수 없는 현실이었다.

호세 마르샬 감독은 얼굴도 그다지 잘생기지 않은 삼열을 향한 팬들의 성원이 뜨겁다는 것에 고개를 갸웃거렸다. 일찍이 다저스의 스타 중에서도 이렇게 원정경기에서조차도 인기가 있었던 선수는 없었다. 그는 사람들의 눈에 비친 삼열의 이미지가 어떤지는 잘 모르고 있었다.

삼열이 평범한 얼굴의 동양인이라는 것은 날이면 날마다 치솟는 그의 인기에는 확실히 마이너스 요소였다. 하지만 그에 반하여 그는 따뜻한 마음씨를 보여줬고 팬들을 재미있게 했다. 일찍이 삼열이만큼 팬들에게 흥미로운 소재를 가져다준 선수는 없었다.

악동이라 거칠 것 없이 하는 인터뷰는 사람들의 마음을 시원하게 만들었고, 병든 아이들을 수술시켜줌으로 아이를 가진 부모들의 마음을 사로잡았다. 게다가 미국 명문가의 사위라는 프리미엄도 있었다.

컵스의 홈경기 때마다 예쁜 마리아와 줄리아가 응원을 나온 것도 사람들이 삼열을 좋아하게 만든 요소였다.

가정적인 덕목을 소중하게 여기는 미국인들에게 삼열은 화목한 가정의 가장이었다. 그리고 삼열이 만든 믿을 수 없는 업적은 그를 좋아하지 않을 수 없게 만들었다.

메이저리그 최고의 투수, 올해에는 기적 같은 27승 2패의 뛰어난 성적, 불치의 병에서 완치, 교통사고로 인해 우완에서 좌완으로의 변신, 그리고 올해 챔피언십시리즈에서 갑자기 다시 우완투수로의 복귀 등은 사람들로 하여금 경이로움을 품게 했다.

호세 마르샬 감독은 경기가 끝나고 인터뷰에서 삼열 때문에 졌다고 시인했다. 에드가 빈센트 역시 삼열의 투구에 대해 극찬했다. 이 모두가 좌완에서 우완으로 변신한 놀라운 후광 덕분이었다.

에밀리가 9회에 등판하여 무실점으로 이닝을 마무리하자 컵스 선수들이 그라운드로 뛰어나와 월드시리즈에 나가게 된 기쁨을 표현했다. 삼열은 평소와 다르게 조금 많은 101개의 공을 던졌다. 선수와 감독, 코치 할 것 없이 모두 하나가 되어 샴페인을 터뜨리며 승리의 기쁨을 즐겼다.

마침내 컵스가 월드시리즈에 진출한 것이다. 1870년에 창단하여 1907년과 1908년에 월드시리즈에서 우승한 것을 제외하면 컵스는 단 한 번도 우승하지 못했다. 아니, 심지어 1945년에 월드시리즈 진출한 것을 빼고는 눈에 띄는 성적을 거두지도 못했다.

항상 내셔널리그 중부지구의 최하위권에 머물러 있다가 최근에서야 포스트시즌에 연거푸 진출했고, 오늘 드디어 대망의 월드시리즈 진출을 확정 지었다.

그 시각 시카고에 있던 컵스의 팬들은 TV를 보면서 일제히 환호성을 터뜨리며 거리로 나와 만나는 사람마다 웃으며 인사를 나누다가 광장과 술집으로 들어갔다.

오늘 같은 날 어찌 술이 없을 수 있는가, 하며 이름도 모르는 사람들끼리 흔쾌하게 마셨다.

마리아는 집에서 TV를 보다가 삼열이 승리투수가 되어 월드시리즈에 나가게 되자 너무나 좋아 팔짝 뛰었다.

"줄리아, 아빠가 드디어 월드시리즈에 나가게 됐단다."

"월드시리즈……?"

"응, 야구 챔피언을 가리는 경기에 나가게 되었단다."

"와아!"

줄리아는 월드시리즈가 무엇인지 잘 모르고 있으면서도 엄마가 좋아하니 좋은 것이라고 막연하게 생각을 하고는 환호성을 질렀다. 어린아이치고 눈치가 빨랐다.

마리아는 TV에서 인터뷰를 하고 있는 삼열을 존경이 가득한 눈으로 바라보았다. 그녀가 처음 삼열을 마음에 담았을 때 그는 마이너리그의 뛰어난 유망주에 지나지 않았다. 하지만 지금은 메이저리그 최고의 투수가 되어 염소의 저주에 짓눌려 있던 컵스를 마침내 월드시리즈에 진출시켰다.

*　　　*　　　*

—오늘의 승리를 축하합니다. 기분이 어떻습니까?

기자들에게 둘러싸인 삼열은 환하게 웃으며 기자들의 인터뷰에 응했다.

"당연히 승리는 기분이 좋죠. 마리아, 그리고 내 딸 줄리아! 아빠가 드디어 월드시리즈에 나간다. 사랑해!"

—하하, 이 틈에 가족들에게도 한 말씀 하셨군요. 오늘 특이한 구질이 하나 보이던데요, 혹시 그것이 스크루볼이 맞습니까?

"맞습니다. 3년 전부터 배우기 시작하여 지금은 제대로 던질 수 있게 되었습니다."

—와우! 믿을 수 없군요. 드디어 메이저리그에서 2개의 마구를 볼 수 있게 되었군요. 자이로볼은 이제까지 그 누구도 던지지 못했으니 없는 것이나 마찬가지이고, 삼열 강 선수가 스크루볼을 던지게 됨으로써 R.디메인과의 마구 대결이 자꾸 기대되는군요.

"R.디메인의 공은 놀랍죠. 나중에 기회가 된다면 저도 너클볼도 한번 배워서 던져보겠습니다."

—정말입니까? 와우! 믿을 수 없군요.

기자들이 삼열의 말에 놀라 소리를 질렀다. 스크루볼도 놀라운데 너클볼이라니! 그들은 믿을 수가 없었다. 역시 삼열은 괴물이었다.

하지만 삼열은 너클볼을 배운다고 립서비스를 해놓고 속으로 회심의 미소를 지었다.

배운다고 했으니 배우기는 할 것이다. 하지만 배운다고 모두 다 성공하는 것이 아니니 엄밀한 의미에서 립서비스에 불과했다. 하지만 지금은 그런 말이 필요한 타이밍이었다. 얼마 전에 로리 맥길로이가 나이키와 후원계약을 맺었는데 10년간 2억 달러였다.

나이키사가 골프용품을 만들고 있으니 골프 선수들을 후원하는 광고 계약금이 비싼 것은 당연했다. 삼열의 경우도 나이키사와 장기 계약을 맺었는데 일반 스포츠용품 광고라 단가가 비쌀 수가 없었다. 작년에 정식으로 나이키사와 8년간 4천만 달러의 광고 계약을 맺었으니 맥길로이와는 비교가 안 되었다.

'이렇게 하면 몸값이 조금은 올라가겠지.'

어차피 너클볼이야 배우는 데 10년을 잡아야 하니 제대로 익히기 전에 은퇴할 수도 있었다. 삼열은 그것을 알기에 기자들에게 말한 것이다.

단 4경기만에 월드시리즈에 진출하게 되자 컵스의 팬들뿐만 아니라 매스컴과 언론에서는 컵스에 대해 대대적으로 방송하기 시작했다.

다음 날 아침에는 컵스의 월드시리즈 진출에 대한 기사가 마구 쏟아져 나왔다. 월드시리즈에 진출한 것은 70년 만의 일이었다. 우승은 무려 107년 동안이나 하지 못했다. 그러니 컵스의 월드시리즈 진출은 매우 충격적인 사실이었다.

아직도 아메리칸리그의 챔피언십시리즈는 한창 진행 중이었다. 뉴욕 양키스는 LA엔젤스와 2승 2패의 박빙의 승부를 하고 있었다.

사람들은 어쩌면 시카고 컵스가 월드시리즈 우승을 할지도 모른다는 생각을 하게 되었다. 특히나 시카고의 시민들은 그런 생각이 더 많았다. 밤비노의 저주가 깨졌으니, 이제는 염소의 저주가 깨질 차례라고 말하면서.

사람들은 만나면 아침부터 야구 이야기를 했다. 정말 올해에는 컵스가 우승할 수 있을까 하는 이야기는 야구를 좋아하는 사람들은 물론이고 좋아하지 않는 사람들도 했다. 그만큼 시카고 컵스의 월드시리즈 진출은 대단한 일이었다.

불과 얼마 전까지 컵스는 메이저리그 30개 구단 가운데 뒤에서 1, 2위를 다투던 약체 팀이었다. 그런 팀이 월드시리즈 진출이라니!

그리고 사람들의 관심을 끈 또 하나는 삼열이 새로운 마구를 장착하고 우완투수로 돌아왔다는 점이다. 전설의 스크루볼!

모든 신문과 매스컴은 삼열의 스크루볼을 대서특필했다. 던지는 사람의 팔을 잡아먹는 마구. 하지만 배우기만 한다면 효과는 경이로운 구질이다. 그러나 스크루볼은 단순하게 투수의 선수생명을 갉아먹는 것이 아니라 건강마저 무너뜨린다.

보통 공은 던지고 나서 손바닥이 1루 쪽을 향하게 되는 것과 달리 스크루볼은 3루 쪽을 바라본다. 그만큼 투수가 인위적으로 손바닥을 반대 방향으로 비틀어서 공을 역회전시키는 것이기에 팔에 큰 무리를 주게 된다. 그래서 투수들은 배우려고 하지 않는 공포의 마구가 바로 이 스크루볼이다. 그런 공을 삼열이 던졌으니 충격적이었다.

불과 며칠 전에 스위치 피처가 돼서 전국적으로 이름을 알렸는데 오늘 또다시 스크루볼로 사람들의 관심을 끈 것이다. 이제 삼열의 이름은 야구를 좋아하지 않는 사람들도 모두 알게 되었다.

삼열은 자신의 이름이 자꾸 언론에 언급되는 것을 보며 음흉하게 웃었다.

'음하하하, 역시 이 바닥도 튀어야 사는군.'

삼열은 매스컴과 신문을 보며 자신의 의도대로 되고 있음을 알아챘다. 일단 목표는 기업 후원사로부터 연봉만큼 버는 것이다. 돈 버는 게 목적은 물론 아니다. 솔직히 지금이라도 골프로 전향한다고 해도 타이거 우즈나 로리 맥길로이만큼은 할 자신이 있었다.

삼열이 몸치임에도 불구하고 야구를 잘하는 이유는 딱 하나밖에 없다. 인간의 상식을 뛰어넘는 육체의 능력. 물론 삼열이 엄청나게 노력한 것은 사실이지만 인간 이상의 육체가 아니었다면 불가능하였을 것이다.

하지만 골프? 별로 내키지 않았다. 좋아하는 사람들에게는 좋은 운동이지만 삼열은 별로였다. 홀을 돌면서 조그마한 공을 구멍에 집어넣는 것보다 타자들을 상대하는 것이 더 좋았다. 뛰어난 타자를 삼진으로 돌려세울 때 느껴지는 짜릿한 쾌감은 말로는 표현하기 힘들 정도다.

구단 비행기에 올라타던 삼열은 귀엽고 깜찍한 줄리아의 얼굴과 마리아의 부드러운 몸이 생각났다. 아내를 생각하자 아랫배가 불끈하며 그곳에 힘이 들어갔다.

삼열과 선수들은 느긋하게 비행기에서 잠을 자거나 동료 선수들과 이야기를 나눴다.

선수들이 시카고에 돌아왔을 때 세상은 변해 있었다. 이제 컵스의 팬들뿐만 아니라 시카고 시민이라면 누구나 컵스의 우승을 열망하게 되었다.

5. 월드시리즈

삼열은 집으로 돌아왔다. 가장 먼저 뛰어나온 것은 역시 제시였다. 꼬리를 흔들고 나온 제시가 반갑게 삼열을 반겼다. 그 뒤를 따라 줄리아가 번개처럼 뛰어왔다.

"아빠, 아빠~!"

삼열은 줄리아를 품에 안고 뺨에 키스했다. 품에 파고드는 줄리아를 안고 거실로 들어오자 마리아가 점심을 준비하다가 나와 삼열을 맞았다. 가볍게 키스를 하고 나자 마리아가 삼열에게 월드시리즈 진출을 축하했다.

"축하해요, 여보!"

"고마워. 이제 4일 후에 월드시리즈에 나가네. 나도 처음이고 컵스 구단도 굉장히 오랜만이지."

"음, 1945년이었죠?"

"어. 컵스는 70년 만에 처음 월드시리즈에 나가 디트로이트 타이거즈에게 3승 4패로 패했지. 그때 4차전 홈경기에 그 유명한 빌리 시아니스가 그의 애완 염소 머피를 데리고 컵스 구장에 갔다가 입장을 거절당하게 되자, 그 유명한 염소의 저주를 하게 되었어."

"나도 알아요. 빌리 시아니스는 2장의 티켓을 사서 입장했지만 염소의 몸에서 냄새가 심하게 나 쫓겨났었대요."

쫓겨나면서 빌리 시아니스는 다시는 이 리글리필드에서 월드시리즈가 열리는 일은 없을 것이라고 저주를 했다. 2승 1패로 앞서가던 컵스는 이후 3승 4패로 디트로이트 타이거즈에게 패하고 말았다.

"그 미친 농부 놈 때문에 컵스가 그동안 힘들었지. 아니, 지가 기분 나쁘다고 저주를 하다니, 말이 안 돼. 그리고 얼마 전에도 해리 캐리의 동상에 죽은 염소를 매달아 놓은 일이 생겼었지."

"아, 가여운 염소."

해리 캐리는 명예의 전당에도 입성한 메이저리그의 전설적인 장내 아나운서다. 2007년과 2009년에도 그의 동상 앞에

죽은 염소의 시체가 놓였었다. 그만큼 컵스는 염소의 저주와 무관하지 않았다.

마리아가 삼열에게 몸을 기대자 그 모습을 본 줄리아가 '흥!' 하고 제시와 함께 자기 방으로 들어갔다. 들어가면서 줄리아가 삼열과 마리아를 바라보면서 외쳤다.

"나 앞으로 1시간 동안 제시하고 방에서 놀 거야."

"엉?"

삼열이 줄리아가 한 말이 무슨 뜻인지 몰라 바라보자 그녀가 다시 작은 소리로 말했다.

"그러니 빨리 내 동생 만들어줘!"

"…헐! 대박이다."

삼열이 딸의 말에 난감한 표정을 짓자 마리아가 재미있다는 듯 쿡쿡 웃었다. 그리고 삼열의 손을 잡고 방으로 들어갔다.

"여보, 우리 딸 소원 들어줘야 하는 걸까요?"

마리아가 장난스러운 표정으로 말하자 삼열이 대답했다.

"당연하지. 난 5명의 아이를 가지고 싶다고."

"어머나!"

마리아가 눈을 흘기면서 욕조에 물을 받았다. 삼열은 월드시리즈에 나가게 된 것 때문에 무척이나 신이 나 있었다. 자신이 이토록 우승을 바라는 것은 정말 의외였다.

삼열이 따뜻한 물에 몸을 담그자 마리아가 뒤따라 들어왔다. 따뜻한 물에 몸을 녹이는 동안 둘은 서로의 몸을 안고 감쌌다.

원정 경기가 끝나고 돌아오는 날이면 삼열은 밤이 되는 것을 기다리기 힘들었다. 그래서 샤워를 한다는 핑계를 대고 둘이 회포를 푼 것을 영악한 딸이 눈치를 챈 것이다.

삼열은 마리아의 몸을 안았다. 긴장했던 몸이 곧 아늑한 쾌락에 빠져 허우적거렸다. 그러고 나면 긴장이 풀리곤 했다.

"여보, 너무 좋았어요."

마리아가 나른하고도 졸린 목소리로 삼열의 가슴에 기대어 말했다. 요즘 들어 마리아는 애교가 많이 늘었다. 서양 여자들은 애교를 무척이나 싫어하는데, 그녀는 한국 여자들이 애교가 많다는 것을 알고는 조금씩 관심을 가지기 시작하더니 둘이 있을 때는 애교를 부리곤 했다. 확실히 애교를 부리면 삼열이 매우 좋아했다.

"다시 한 번 할까?"

삼열이 마리아의 눈치를 보며 말하자 마리아도 마음이 있는 듯 얼굴을 붉히면서 말했다.

"점심을 먹어야죠. 줄리아가 삐질 거예요."

"그렇겠지……?"

삼열은 마리아의 가슴에 키스하며 웃었다.

"그럼, 저녁에 또 좋은 시간을 보내자고."

"어머, 어머! …나는 좋, 좋아요."

마리아가 고개를 숙이고 먼저 일어났다. 나른함을 느낀 마리아가 침대에 잠시 눕자 삼열도 따라 누웠다. 오랜만에 열정적인 시간을 보냈기에 피곤을 느꼈다. 그리고 잠이 들고 말았다.

줄리아는 배가 고팠다.

제시와 돼지들의 사료를 챙겨주고 주방에 갔지만 엄마는 없었다. 줄리아는 고개를 갸웃거렸다. 지금 엄마 아빠가 중요한 시간을 보내고 있는 것을 알지만 시간이 지날수록 배가 고파 냉장고에서 우유를 꺼내 마셨다.

하지만 엄마가 만들어주는 스테이크나 케이크 등등이 떠올라 입에 침이 고이기 시작하자 더 이상 참을 수 없었다.

줄리아는 문을 열고 고개를 디밀었다.

"엄… 마?"

엄마와 아빠가 침대에 누워 잠들어 있었다. 줄리아는 엄마를 깨우려다가 둘 사이에 끼어들었다. 갑자기 심술이 난 것이다. 자기는 일부러 엄마 아빠를 위해 자리를 피해줬음에도 불구하고 둘이 자고 있는 것이다.

엄마의 품에 안겨 부드러운 가슴을 만졌다. 가끔 엄마의 품에 안겨 있을 때보다 더 기분이 좋았다. 엄마의 가슴을 만지자 커다란 가슴을 저절로 물게 되었다. 말랑하고 물컹한 엄마의 가슴을 물고 빨았지만 생각처럼 젖이 나오지는 않았다.

'왜 안 나오지?'

줄리아는 TV에서 아기가 엄마의 가슴에 입을 대고 젖을 먹는 것을 보았었다.

"칫, 아빠가 나 몰래 다 먹은 거야! 미워, 아빠!"

줄리아는 힘껏 마리아의 가슴을 빨았다. 그러자 마리아가 잠결에 중얼거렸다.

"아이, 여보. 안 돼요. 줄리 밥을 줘야 해요."

"맞아, 빨랑 밥 줘!"

마리아는 줄리아의 말을 듣고는 눈을 떴다. 둘 사이에 딸이 누워 있자 깜짝 놀랐다. 자신의 가슴을 손으로 주물럭거리는 사람이 남편이 아니라 딸이었던 것을 알고는 어이가 없었다.

"히히, 나 배고파."

"알았어. 엄마가 잠시 잠이 들었나 보네."

"엄마, 나 동생도 좋긴 하지만 배고픈 것은 싫어."

마리아가 급히 일어나 보니 다행히 남편은 팬티를 입고 잠들어 있었다. 마리아는 알몸이었지만 줄리아를 품에 안고 얼굴을 마주 보며 가볍게 뺨에 입을 맞추었다.

"우리 줄리, 뭐 먹고 싶어?"

"아무거나. 배고파 죽겠어!"

딸의 재촉에 마리아가 빙그레 웃으며 일어나 옷을 입고는 주방에 가서 만들던 요리를 완성시켰다.

줄리아가 식탁에서 먼저 밥을 먹고 있으니 곧 삼열이 나와 접시에 놓인 스테이크를 잘라서 먹었다. 그러고는 마리아의 눈치를 살폈다. 그 모습에 마리아가 피식 웃으며 삼열의 잔에 포도주를 따라줬다.

"술?"

"그냥, 조금만 먹어요."

"오호, 이건 유혹?"

"줄리아가 듣고 있어요."

줄리아를 보니 두 눈을 크게 뜨고 자신을 보고 있었다. 삼열은 어색하게 어깨를 으쓱하고는 식사를 마저 하기 시작했다.

창밖에는 바람이 불었고 나무에서 이른 낙엽이 하나둘 떨어지기 시작했다. 넓은 정원의 나무들은 일제히 월동 준비에 들어가고 있었다.

삼열은 집에 도착한 첫날 가볍게 몸을 풀고는 하루 종일 집에 있었다. 시즌은 이미 끝난 지 오래였고 지친 몸은 연습보다는 휴식을 원하고 있었다.

삼열은 점심을 먹고 난 후에 딸과 놀아줬다. 사실 놀아준다는 것도 별거 없었다. 한참 놀다 보면 어느새 딸은 제시와 뒹굴며 놀고 있었기 때문이다. 그사이 돼지 두 마리가 꿀꿀거리며 거실을 돌아다녔다.

삼열이 리글리필드에 돌아오자 매스컴과 신문들은 일제히 컵스의 월드시리즈에 대해서 특집기사를 내기 시작했다. 그 기사에는 항상 염소가 나왔고 100년의 시간이 나왔다. 그리고 그 기사의 중심에는 언제나 삼열이 있었다.

메이저리그 유일한 스위치 피처이자 스크루볼을 던지는 최고의 투수. 스크루볼은 어정쩡한 서클체인지업 따위와 비교할 수 있는 공이 아니었다.

물론 서클체인지업도 약간의 역회전이 걸리는 공이긴 하지만 스크루볼과는 차원이 달랐다. 그렇다고 스크루볼이 배우기 엄청나게 힘든 공은 또 아니다. 투수라면 누구라도 던질 수 있는 공이다.

그럼에도 불구하고 투수들이 던지지 않는 것은 얻는 것보다 잃는 것이 많기 때문이다.

오늘날 투수들은 부상의 위험 때문에 더 이상 스크루볼을 던지지 않는다. 왜냐하면 스크루볼과 같은 공의 궤적을 갖는 싱커나 서클체인지업이 있기 때문이기도 하다. 이것들이 역회전이 걸리는 것은 서클체인지업을 잡는 그립 때문이다. 서클체인지업은 엄지와 검지를 제외한 세 손가락으로 공을 잡아 던지는데, 나머지 손가락인 엄지와 검지를 OK와 같은 모양을 취해 OK체인지업이라고도 불린다.

서클체인지업이 역회전이 걸리는 것은 공을 잡지 않은 엄지와 검지 때문에 공의 중심이 반대쪽으로 쏠리기 때문이다. 체인지업은 말 그대로 타이밍을 늦추는 공이다. 반면 스크루볼은 팔꿈치와 손목으로 공의 방향을 인위적으로 바꿔주는 것이기 때문에 역회전이 완벽하게 걸린다. 공의 휘어지는 각도와 떨어지는 폭이 체인지업과 비교한다면 차이가 엄청나게 많이 난다.

두 개의 공은 위력 차이가 크게 나지만 투수들이 스크루볼을 안 던지는 이유는 단 하나다.

힘들고 어려운 공을 굳이 던질 이유가 없는 것이다. 스크루볼과 비슷한 서클체인지업을 다른 공과 섞어서 던지면 타자를 상대하는 것이 어렵지 않으니 굳이 위험한 볼을 던질 이유가 없는 것이다.

삼열도 서클체인지업을 던진다. 그런데도 스크루볼을 배운 이유는 이벤트성 때문이다.

너클볼은 투수들이 마지막으로 배우는 것이기에 뚜렷한 명분이 있는 반면에 스크루볼은 그런 것이 아니다. 막말로 너클볼은 막장에 다다른 투수가 어쩔 수 없이 배우는 것이었다.

오직 역대 최고의 너클볼을 던진 필 니크로만이 처음부터 너클볼을 배웠는데, 통산 318승을 거둔 그는 심지어 직구의 그립조차 제대로 알지 못할 정도로 너클볼에 심취해 있었다. 반면 그의 동생인 조 니크로는 선수 생활에 위기가 왔을 때 너클볼을 배웠다. 왜 필 니크로의 너클볼이 여타 너클볼러의 것과 비교 불가인지 알려주는 대목이다.

신문과 매스컴에서 삼열의 스크루볼에 관심을 가지는 이유가 여기에 있었다. 메이저리그 최고의 투수가 던지는 스크루볼은 얼마나 엄청날까.

최고의 투수가 던지는 마구! 독자들은 이런 자극적인 기사를 원한다.

사람들은 삼열이 스크루볼을 던지지 않았음에도 올해 27승이나 거둔 것을 안다. 게다가 평균 자책점은 1.75밖에 안 된다. 방어율 2위인 빌리브 쇼의 2.55와도 확연히 비교된다. 삼열에게 스크루볼은 필요가 없다.

그런데도 불구하고 삼열이 스크루볼을 던지는 것에 대해 사람들은 많은 생각을 하였다. 그것이 무엇이든 컵스의 팬들은 너무나 즐거운 시간이었다.

웃고 떠드는 사이 시간이 흘러갔다. 아메리칸리그에서는 정통의 강호 양키스가 올라왔다. 3년 전에는 디트로이트 타이거스에 패해 월드시리즈 진출을 하지 못했던 양키스였다.

삼열은 훈련장에서 공을 던졌다. 공이 미끄러지듯 포수의 미트로 빨려들어 갔다. 칼스버그가 일어나 삼열에게 다가왔다.

“아주 좋은데? 이 괴물, 오늘도 기대하고 있겠다.”

이미 한 시간 동안 연습을 하고 있었다. 삼열은 저녁에 있을 월드시리즈를 생각했다. 그런 생각만으로도 뭔가 뭉클하고 뜨거운 것이 가슴에서 쑥 하고 올라왔다.

“우리가 양키스타디움에서 월드시리즈를 치를 줄은 정말 몰랐어.”

“그렇긴 하죠.”

삼열이 칼스버그의 말에 고개를 끄덕이며 주먹을 꽉 쥐었다. 이제 몇 시간만 지나면 그렇게 원했던 월드시리즈가 열린다.

삼열은 긴장되는 마음을 추스르며 오늘 꼭 이길 것이라고 다짐했다.

시간이 다가올수록 심장이 콩콩 뛰었다. 피가 한곳으로 몰리는 듯 조금 어지럽기도 했다. 삼열은 가슴이 너무 뛰자 오히려 반대로 생각했다. 마음을 비우고 오늘의 경기도 별로 새로운 경기가 아니라고 생각했다. 여타의 경기 중 하나일 뿐이라고 되뇌자 흥분이 조금씩 가라앉기 시작했다.

'문제군. 내가 이러니 다른 선수들도 마찬가지일 것 아냐?'

큰 경기에서 컵스가 약할 수밖에 없는 이유는 경험의 부족 때문이다. 그래서 삼열은 선수들에게 이야기를 걸며 문제를 일으켰다. 삼열의 행동에 화가 났던 선수들은 일순 긴장했던 마음이 가라앉는 것을 느끼며 양키스타디움으로 갔다.

가을의 푸른 하늘이 눈물인 듯, 바닷물인 듯 청명하고 푸르렀다.

삼열은 그라운드에서 The Star—Spangled Banner를 들으며 '별이 빛나는 깃발' 대신 속으로 애국가를 불렀다.

이 순간 마치 자신은 국가를 대신하여 나온 것 같은 착각이 들었다. 왜 이 중요한 순간에 애국가가 생각났는지 모른다. 별로 애국심이 없던 그였고, 또 중요하지 않게 생각했던 나라가 바로 한국이다. 부모님과 다정한 추억이 묻힌, 그저 그런 나라라고 생각했는데, 오늘은 이상하게도 그렇지 않았다.

마운드에 JJ.버킨이 섰다. 201㎝의 거대한 덩치를 가진 그가 마운드에 서자 위압적이었다.

메이저리그 최고 투수를 언급하면 꼭 등장하는 그는 95마일 전후의 빠른 직구와 예리한 슬라이더, 그리고 체인지업이 주무기인 선수. 2,429만 달러에 이르는 연봉은 그가 얼마나 뛰어난 투수인지를 말해준다.

나이를 감안했을 때 그는 통산 300승 이상을 할 수 있는 투수로 거론되기도 한다.

1번 타자 빅토르 영이 타석에 들어섰다. 그는 호흡을 크게 하고 배트를 추켜세웠다. 그는 아메리칸리그의 투수를 경험해 본 적이 별로 없었다. 하지만 1번 타자로서 어떻게 해야 하는지는 잘 알고 있다.

타석에서 기다리고 있자 바로 공이 날아왔다. 묵직하고 빠른 직구였다. 바깥쪽으로 꽉 찬 공에 빅토르 영은 배트를 휘두를 수 없었다.

'공이 좋군.'

빅토르 영은 말없이 JJ.버킨을 바라보았다. 201㎝에 이르는 큰 키에서 내리꽂히는 공은 가히 위력적이었다. 게다가 131㎏의 몸무게가 공에 실리면 정말 치기 어려워진다.

JJ.버킨은 아메리칸리그 챔피언십시리즈 1차전과 5차전에서 8과 1/3이닝 2실점, 7이닝 1실점으로 2승을 거두었다. 하지만 그는 불과 3일밖에 쉬지 못하고 등판하였기에 조금 피곤함을 느끼고 있었다.

빅토르 영은 2미터의 큰 키에서부터 날아오는 공의 히팅포인트를 잡는 것이 무척 힘들었다. 빠르고 묵직한 직구와 예리한 슬라이더, 체인지업 때문에 쉽지 않다.

펑.

"스트라이크."

빅토르 영은 JJ.버킨의 공을 조심스럽게 대처했다. 2스트라이크 뒤에 2개의 볼이 날아왔다.

2스트라이크 2볼.

빅토르 영은 배트를 힘껏 잡았다. 직구와 체인지업이 구별이 잘되지 않았다. 할 수 없이 배트를 짧게 잡고 손목의 힘으로 불리한 공은 걷어내는 수밖에 없다고 생각했다.

JJ.버킨이 다시 공을 던졌다. 공이 타자의 앞에서 갑자기 브레이킹이 걸렸다. 빅토르 영은 배트를 휘두르다가 속도를 늦추고 손목으로 공을 툭 건드렸다.

데굴데굴.

공이 3루 쪽으로 굴러가자 A.핸더슨이 뛰어나와 공을 잡아 1루에 던졌다. 간발의 차이로 빅토르 영은 아웃되고 말았다.

'젠장, 체인지업에 당했어. 대충 JJ.버킨이 어떻게 던지는지 감이 올 것 같기는 한데… 아직은 힘들겠군.'

그는 더그아웃으로 들어가서도 JJ.버킨이 던지는 공을 유심히 바라보았다.

2번 타자 스트롱 케인은 히죽 웃으며 타석에 들어섰다. 그는 간결하고 빠른 배팅 자세를 유지하고 있기에 JJ.버킨과 같은 투수가 두렵지 않았다.

그는 컵스가 중부지구 최하위에 있을 때조차 3할의 타율을 유지하던 마이웨이의 타자다. 그런데 최근 몇 년 동안 팀 분위기에 휩쓸려 기존의 연습량보다 더 많이 훈련했다. 그래서 올해 타율은 많이 올라가지 않았지만 자신감만큼은 굉장했다.

'뭐 양키스의 에이스니 당연히 잘 던지겠지. 그래도 나한테는 안 된다는 말씀이지.'

스트롱 케인은 자신의 타격 감각을 믿었다. 사실 JJ.버킨이 대단한 투수임에는 틀림없지만 구질이 단조로웠다. 간간이 커브를 던지기는 하지만 직구, 슬라이더, 체인지업이 다였다. 정교한 타격을 하는 그에게는 이런 투수는 그야말로 밥이었다.

JJ.버킨이 공을 던졌다. 공이 빠르고 날아와 타자의 앞에서 떠올랐다. 라이징 패스트볼이었다.

확실히 131kg의 거구가 던지는 직구는 위력적이기는 하였다. 스트롱 케인은 JJ.버킨의 공을 보며 배트를 휘두르지 않았다.

펑.

"스트라이크."

아직 1회 초이므로 스트롱 케인은 JJ.버킨이 가능한 한 많은 공을 던지도록 유도할 생각이었다. 물론 1번 타자 빅토르 영이 5구만에 아웃되었기에 구질이 좋다는 것은 이미 알고 있었다.

'뭐 그래도 삼열이 그 괴물보다는 훨씬 처지네.'

스트롱 케인은 타석을 벗어나 배트를 한번 휘두르고는 다시 타석에 섰다. 다시 공이 날아왔다. 그는 이번 공이 슬라이더일 것이라고 생각했다.

"볼."

역시 예상대로 슬라이더였다. 하지만 스트라이크 존을 공 한 개 정도 벗어난 유인구였다. 만약 타격하려고 시도를 했다면 꼼짝없이 당했을 그런 공이다.

'저 녀석이 우리 팀의 컬러를 모르는군. 그렇다면 작살을 내주지.'

컵스의 1번과 2번 타자는 투수를 무조건 괴롭히고 보는 것으로 유명했다. 어지간하면 초구에 배트를 휘두르지 않고 3구 삼진을 당하더라도 끝까지 공을 노려보고 배팅을 한다.

다시 공이 날아왔다. 스트롱 케인은 스트라이크가 확실해 보이는 공의 궤적을 보며 어쩔 수 없이 배트를 가볍게 휘둘렀다.

딱.

데굴데굴.

공이 3루 쪽 파울라인을 따라 굴러갔다. 스트롱 케인이 배트를 휘두른 이유는 단 하나였다. 스트라이크는 친다는 것을 상대 투수가 알아야 애매한 유인구를 던지지 못하게 된다.

2스트라이크 1볼에 스트롱 케인은 마음의 여유를 가지려고 심호흡을 했다.

'지금 내가 유리해. 볼카운트는 불리하지만 저 녀석이 공을 던지는 것이 쉽지 않다는 것을 알게 되었잖아.'

스트롱 케인의 말대로 JJ.버킨은 공을 던지면서 불편하다는 느낌을 받았다. 1번 타자도 쉽게 가지 않았다. 그런데 2번 타자 역시 굉장히 선구안이 좋았다.

그리고 상대 타자가 자신이 체인지업을 던질 타이밍을 안다는 느낌을 받았다.

'뭔가 알았나?'

타자들 가운데 눈썰미가 좋은 타자는 간혹 투수들의 투구 폼의 미묘한 차이로 구질을 알아채기도 한다. 투구 폼이 읽히면 천하의 랜디 존슨이라도 안타와 홈런을 맞는다. 비록 JJ.버킨이 양키스의 에이스이지만 그렇다고 랜디 존슨보다 공이 더 좋은 것은 아니었다.

JJ.버킨은 신중하게 공을 던졌다. 공이 빠르게 날아가다가 타자 앞에서 옆으로 휘었다. 스트롱 케인은 날카롭게 배트를 휘둘렀다.

딱.

이번에도 역시 3루 쪽 파울이었다. 가볍게 끊어치니 공이 뜨지 않고 모두 땅볼이었다. 여전히 2스트라이크 1볼이지만 스트롱 케인이 우위에 있었다. JJ.버킨은 여유가 있었지만 스트라이크는 모두 커트를 하고 볼은 내버려 두었다.

JJ.버킨은 밖으로 빠지는 유인구를 던져봤지만 타자는 움직이지 않았다. 오늘따라 그가 던지는 스트라이크와 볼이 되는 공이 확연히 차이가 났다. 컨디션이 좋지 않다는 신호였다.

스트롱 케인은 6구 끝에 3루를 가르는 안타를 치고 1루에 도착했다. 1루 코치가 신호를 줘 흘깃 바라보니 좌익수가 재빠르게 백업을 하는 것이 보였다.

3번 타자는 레리 핀처였다. 레리 핀처 대신 심재영을 내보낼 수도 있었지만 베일 카르도 감독은 큰 경기라 경험이 풍부한 그를 선택했다.

"와우~! 자식, 잘하는데."

존리가 배팅 대기석에서 배트를 휘두르며 중얼거렸다. 올해 양키스가 월드시리즈에 나올 수 있었던 이유는 투수들이 좋아서가 아니라 막강한 화력 때문이었다.

주전 선수들 대부분이 노쇠화가 심각하지만 대신 그들은 경험이 풍부했다. 월드시리즈 우승 27회, 아메리칸리그 챔피언십시리즈 우승 40회, 아메리칸리그 동부지구 17회의 우승을 한 팀답게 선수들은 큰 경기에 긴장하지 않고 있었다. 일

장일단이 있는 팀이었다.

그에 반해 컵스는 경험이 많지 않았다. 반면 최근 몇 년 동안 엄청난 훈련을 소화해 냈고 끈질긴 승부욕을 가졌다.

삼열은 더그아웃에서 JJ.버킨이 던지는 것을 지켜보았다. 그는 훌륭한 투수임에는 틀림없지만 대단하다는 느낌은 받지 못했다.

위기 관리 능력이 뛰어나 보이기는 하지만 특별한 것은 없었다. 올해도 25개의 도루를 한 스트롱 케인을 확실히 묶어놓는 JJ.버킨을 보며 노련하다는 느낌은 확실히 받았다.

스트롱 케인은 1루에서 조금 거리를 벌릴 때마다 견제구가 날아와 조심스러웠다.

올해는 조금 부진했지만 그래도 그는 타율이 0.283로 홈런도 15개나 있다. 그는 컵스와 7년간 6천만 달러의 계약을 맺었기에 여유로웠다. 그렇기에 굳이 여기서 도루를 할 생각은 없었다. 왜냐하면 JJ.버킨이 바싹 자신을 경계하고 있었기 때문이다.

도루에 성공하기 위해서는 투수가 공을 던질 때 타이밍을 잘 잡아야 한다. 그리고 촉도 좋아야 한다. 견제구가 들어올 것인지 아닌지를 감으로 알아차리지 못하면 도루를 하다가 아웃되는 일이 발생한다.

삼열은 양키스의 수비 위치를 봤다. 언뜻 보아도 굉장히 짜

임새가 있었다. 좀 전에 스트롱 케인이 치고 나간 그 안타도 사실 2루타가 충분히 될 수 있었던 공이었는데 빌 네빌 좌익수가 백업을 잘해서 스트롱 케인이 1루밖에 나가지 못한 것이었다.

레리 핀처는 침착하게 공을 기다렸다. 꿈에도 그리던 월드시리즈다. 그는 우승 반지를 꼭 가지고 싶었다.

자신의 야구 인생 중에서 가장 빛나는 것을 하나 꼭 가지고 싶었다. 약체 컵스에 와서 그런 소망이 이루어지지 않을 줄 알았다. 하지만 하늘이 자신을 돕고 있다. 은퇴를 앞둔 그가 마침내 월드시리즈에 도달한 것이다.

그는 스트라이크 되는 날카로운 슬라이더를 보며 인생을 생각했다. 처음 메이저리그에 올라왔을 때의 감격, 그리고 2008년 역사적인 40—40클럽에 가입함으로 말미암아 더 이상 바라는 것이 없었다. 메이저리그 역사상 4명밖에 없는 40—40클럽의 주인공이 되었는데 더 무엇을 바라겠는가. 월드시리즈 우승 반지 외에는 말이다.

레리 핀처는 배트를 2번 휘둘러보고 다시 타석에 섰다. 1스트라이크 노볼. 그는 집중하여 JJ.버킨이 던지는 공을 노려보았다. 공이 자신의 눈앞에서 휘어지는 것을 보고 휘두르던 배트를 멈췄다.

"볼."

역시 스트라이크존을 벗어나는 공이었다. 레리 핀처는 양키스타디움의 함성을 들으며 하늘을 바라보았다. 어둠이 서쪽 하늘에서부터 조금씩 몰려오고 있었다.

레리 핀처는 온 힘을 다해 타격했지만 7구만에 삼진을 당했다. 그는 터벅터벅 걸어 더그아웃으로 걸어 들어갔다.

"어때요? JJ.버킨의 공이?"

"좋아, 하지만 안심해. 저 괴물보다는 좋지 않으니까."

레리 핀처의 말에 컵스의 타자들이 킥킥거리며 웃었다. 그들은 오늘 승리를 확신했다. 다른 누구도 아닌 삼열이 마운드에 서는 날 아닌가. 그래서 그들은 승리를 위해 끈질기게 승부할 생각이었다. JJ.버킨 정도 되는 투수의 공을 처음부터 공략할 수 있을 것이라고는 믿지 않았다.

존리는 천천히 타석에 들어섰다. 컵스의 천재 타자인 그는 건방지고 싸가지가 없지만 능력 하나만큼은 타의 추종을 불허하는 천재 타자다.

올해 그의 타율은 무려 0.324나 된다. 그리고 홈런은 35개로 장타력마저 갖추고 있는 명실상부한 최고의 타자다. 그가 FA가 되기만을 기다리는 구단이 한둘이 아니었다.

존리는 거만한 표정을 지으며 JJ.버킨을 바라보았다. JJ.버킨은 눈앞 애송이의 표정에 기가 막혔다.

'이 애송이는 뭐야? 몸에 맞는 공을 하나 던져줘?'

매를 부르는 표정이었다. 하지만 존리는 자신의 표정이 얼마나 거부감을 일으키는지 알지 못했다. 때문에 JJ.버킨이 공을 더 빠르고 강하게 던졌다. 컵스의 4번 타자치고는 어이가 없었다. 좋은 공은 톡톡 끊어치고 있고 볼은 그냥 내버려 두니 풀카운트까지 갔다.

'뭐야, 이것들은?'

4번 타자마저 끈질기게 나오자 JJ.버킨은 화가 났다. 하지만 주자가 누상에 있는 상태에서 흥분할 수는 없어 천천히 심호흡하며 마음을 가라앉혔다.

JJ.버킨이 공을 던졌다. 빠른 직구가 약간 가운데로 몰렸다. 존리가 힘껏 배트를 휘둘렀다.

딱.

공이 멀리멀리 날아갔다. 사람들은 모두 이 공이 홈런이 될 것으로 생각했다. 몇몇 컵스의 팬들은 미리 일어나 기뻐할 준비를 했다.

"와!"

"와우!"

"아, 젠장, 빌어먹을!"

펜스를 넘어갈 것 같았던 공이 마지막에 그랜더 해머의 글러브에 잡히고 말았다. 그랜더 해머는 펜스를 짚고 뛰어올라 펜스를 넘어가는 공을 잡아내었다.

"와아!"

"굿!"

여기저기서 그랜더 해머를 칭찬하는 소리가 들려왔다. 이런 광경이야말로 메이저리그에서 드물지 않은 장면이지만 상대가 그림 같은 수비를 하니 기분이 좋지는 않았다. 삼열은 벤치에서 일어나 마운드로 걸어갔다.

삼열이 마운드에 서자 붉은 노을이 낀 하늘에서 시원한 바람이 불어왔다. 그 바람 때문에 기분이 좋아졌다. 마운드에서 연습구를 던지는 내내 지금 이 순간이야말로 메이저리그의 역사를 만드는 것이라고 생각했다.

하지만 염소의 저주 따위를 깨려고 하는 것은 아니었다. 미친 농부의 저주 따위는 안중에도 없었다. 단지 100년 동안 믿어준 컵스의 팬들을 생각하며 공 하나하나에 혼을 실어 던지기로 했다.

삼열은 공을 던지는 것에 신이 났다. 몸을 옥죄어 왔던 긴장도 이미 사라진 뒤였다. 10개의 연습구를 끝내고 몸을 곧추세운 삼열은 타석에 들어서는 선수를 바라보았다. 그리고 지체하지 않고 공을 던졌다. 공은 바람처럼 날아갔다.

1번 타자는 3천 안타의 주인공 요한 지터. 올해에는 216안타에 0.316의 타율을 기록하고 있는 그였다. 요한 지터는 날아오는 공을 보고 배트를 휘둘렀다.

펑.

"스트라이크."

요한 지터는 눈부시게 빠른 공에 눈을 부릅떴다. 이번에 날아온 공은 아주 빠르고 낮았다. 무릎을 갓 통과한 공이 송곳처럼 예리하게 포수의 미트로 날아가 꽂히는 것을 보고는 바로 배트를 짧게 고쳐 잡았다.

이제는 은퇴를 앞두고 있는 요한 지터의 인기는 양키스타디움에서 가히 폭발적이었다. 그런데 아이러니하게도 그는 팬들보다는 여자들에게 인기가 더 많았다.

현대판 카사노바를 들라면 당연히 요한 지터를 빼놓을 수 없다. 특히 유명한 여배우나 가수, 모델들과 숱한 염문을 뿌렸다.

여자들이 그를 보면 사족을 못 썼다. 사실 잘생기고 매력적인 남자에게 여자가 꼬이는 것은 어쩔 수 없는 일이지만 40이 넘은 그가 아직도 여자들에게 인기라는 것이 의외였다.

삼열은 잘생긴 늙은 남자를 향해 공을 던졌다. 공이 날아가다가 옆으로 휘어졌다. 커터였다.

펑.

"스트라이크."

커터가 마치 슬라이더라도 되는 양 왼쪽으로 휘어져 들어갔다. 이후에 낮은 포심 패스트볼을 던져 3구만에 삼진을 시켰다. 요한 지터는 타석에서 물러나며 어깨를 으쓱하면서 재미있는 포즈를 취했다. 삼열은 그 모습을 보며 피식 웃었다.

다음 타자는 그랜더 해머. 타율은 0.234밖에 안 되지만 홈런이 무려 43개나 있는 슬러거다. 양키스의 마크 바이런—그랜더 해머—에드워드 카노의 화력은 막강함 그 자체. 올해 3명이 100개의 홈런과 447개의 안타를 만들어냈다.

특히 그랜더 해머는 통산 210개의 홈런을 쳤고, 1,098개의 삼진을 당했다. 올해에도 삼진의 개수가 195개나 된다. 반면 볼넷은 75개밖에 되지 않는다. 이런 타자는 선구안이 그다지 좋지 않은 전형적인 슬러거로 삼열이 가장 좋아하는 타자다. 제구력이 좋은 투수들은 이런 타자를 좋아한다. 물론 홈런 타자라고 미리 겁을 먹지 않는다면 말이다. 그래서 이런 타자 앞에 주자가 있으면 곤란하다.

삼열이 공을 던졌다.

펑.

"스트라이크."

바깥쪽 빠른 직구였다. 낮고 예리한 공이 날카롭게 파고들자 그랜더 해머는 꼼짝하지 못하고 서 있었다.

홈런 타자의 특징은 정교한 공에 약하다는 점이다. 물론 낮은 공을 어퍼스윙으로 홈런을 만드는 경우도 간혹 있지만 힘

있는 타자도 그것은 정말 쉽지 않다. 또한 삼열의 공처럼 빠르고 힘이 있는 공은 맞아도 쉽게 펜스를 넘어가지 않는다.

삼열은 몸 쪽 깊은 공을 던져 그랜더 해머를 뒤로 물러나게 만든 다음 바깥쪽으로 낮은 직구를 던져 삼진을 잡았다. 그 모습을 지켜본 조 알렉산더 감독은 곤혹스러운 표정을 지었다.

그는 2006년에는 내셔널리그 최우수 감독에도 선정되었으며, 양키스에서 선수로 뛸 때는 3번의 월드시리즈 우승을 경험했다. 뛰어난 포수 출신의 그는 누구보다 투수가 던지는 공의 구질을 잘 알았다.

그는 1996년 드와이트 구든의 노히트노런, 1999년에 데이빗 콘의 퍼펙트게임에서 마스크를 꼈었다. 그래서 그는 삼열이 던지는 공의 위력을 누구보다도 잘 알고 있다.

정규 시즌의 경기라면 그는 신경을 쓰지 않을 것이다. 쉬어가는 타임으로 생각하고 거르면 되니까. 뛰어난 투수의 공을 상대하는 것은 타자들에게 쉽지 않은 법이다. 하지만 지금은 월드시리즈 1차전이고 더구나 양키스의 홈경기다. 결코 질 수 없는 경기다.

조 알렉산더 감독은 에드워드 카노가 타석에 나왔을 때 삼열이 던진 공에 기겁하며 놀랐다. 102마일의 공이 낮게 날아왔던 것이다. 그는 삼열의 공을 보고 나지막하게 한숨을 내쉬었다.

'굉장한 선수군!'

3번 타자 카노가 102마일의 공에 헛스윙을 연발했다. 카노는 올해 161경기에 나와 197개의 안타와 32개의 홈런, 0.317의 타율을 기록하고 있다. 완벽한 타격폼을 가지고 있는 그는 안타를 만드는 특별한 능력을 가지고 있는 선수이기도 했다.

좌타자인 그는 삼열의 공에 애를 먹었다. 일단 공이 빠르고 예리했다. 그리고 몸 쪽 바깥으로 뻗어 나가는 스크루볼에 헛스윙을 거듭하다가 삼진을 당했다.

세 타자 연속 삼진에 양키스타디움이 술렁거리기 시작했다. 그리고 장내 아나운서가 조금 전의 공이 스크루볼이라고 방송을 하자 3루 관중석에서 박수 소리와 함께 파워 업 응원가가 흘러나오기 시작했다. 유치하기 짝이 없는 파워 업 응원가가 계속될수록 조용한 양키스타디움이 술렁거리기 시작했다.

KBS ESPN의 장영필 아나운서와 송재진 해설위원은 모처럼의 원정경기지만 생방송을 하고 있었다. 자신들이 다른 구단도 아닌 양키스타디움에서 월드시리즈를 방송하는 것에 감격하였다. 삼열의 공은 오늘따라 더욱 위력적이었다.

―아, 강삼열 선수 가볍게 세 타자를 삼진으로 돌려세웁니다. 송재진 해설위원님, 오늘 강삼열 선수의 컨디션은 어떻게

보입니까?

—정교하게 제구가 되고 있는 것으로 보아 컨디션이 무척 좋은 것 같습니다. 사실 제가 개인적으로 삼열 선수와 만나 잠시 이야기를 나눠봤는데요, 요즘은 슬슬 던진다고 하더군요.

—네? 그게 무슨 말씀이신가요?

—이런 말씀드리기는 뭐하지만 가늘고 길게 야구를 하고 싶다고 하면서 방어율에 신경을 쓰지 않는다고 하더군요. 그 말은 평상시에는 어깨에 힘을 빼고 던진다는 것인데, 오늘은 월드시리즈 경기이니만큼 아마도 삼열 선수의 본 실력이 다 나오지 않을까 싶습니다. 삼열 선수는 삼진을 잘 안 잡는 선수인데 오늘은 세 타자 모두 삼진으로 1회 말을 마쳤습니다. 다음 이닝을 봐야겠지만 강삼열 선수가 오늘 굉장한 공을 던질 것 같군요.

장영필 아나운서는 카메라에 불이 깜박이며 클로징 멘트를 하라는 사인이 나오자 서둘러 '잠시 후에 돌아오겠습니다'는 멘트를 했다. 헤드폰을 벗은 장영필이 한숨을 내쉬며 긴장을 풀었다.

"선배님, 오늘따라 무척 떨리네요."

"그것은 나도 마찬가지야. 내가 월드시리즈 생방송 해설을 할 줄 누가 알았겠어. 하하, 오늘 재미있어질 것 같아. 두고 보라고!"

송재진 해설위원은 누구보다 삼열에 대해 조사를 많이 해 왔다. 사생활에 대해서는 알아도 모르는 척 넘겼지만 그가 하루 몇 시간이나 연습하는지, 왜 맞혀 잡는 투수로 변신했는지는 알고 있었다. 그가 삼열에게 관심을 갖는 것은 너무나 당연했다. 삼열이 때문에 자신이 메이저리그 방송을 하고 있으니까.

그가 삼열에 대해 의심을 품은 이유는 방어율이 0점대 후반부를 형성하던 사람이 구위에는 변화가 별로 없음에도 불구하고 1점대 후반부로 내려간 이유가 궁금했기 때문이었다.

리글리필드의 좁은 방송부스와 달리 최신식 기계로 도배된 넓은 방송부스를 보며 송재진은 과연 양키스라는 생각을 했다. 오늘 경기의 표값은 엄청났다. 좋은 자리는 500달러도 넘었다.

정규 시즌 표값도 다른 구단에 비해 매우 비쌌는데 월드시리즈에 이르자 그것이 절정을 달했다.

2회가 되어도 컵스의 타자들은 JJ.버킨의 공을 제대로 공략하지 못하고 있었다. 하지만 타자들은 끈질기게 계속 투수를 붙잡고 놓지 않았다. 5번 타자 헨리 아더스가 6구 끝에 삼진, 로버트가 7구 끝에 안타를 치고 나갔지만 칼스버그의 병살타로 공격이 끝나고 말았다. 삼열은 2회 말에 마운드에 올랐다.

상대는 메이저리그의 최고 몸값의 사나이 A.핸더슨이다.

삼열은 마운드에 서서 거만한 표정으로 A.핸더슨을 바라보았다. 3천만 달러의 사나이인 그는 유독 포스트시즌에 약했다.

그래서 올해도 그는 6경기 0.13이라는 말도 안 되는 타율을 기록하기도 했다. 그래서 조 알렉산더 감독은 챔피언십리그시리즈에서 그를 벤치에 앉히기도 했지만 그를 빼고 경기를 하는 것은 있을 수 없는 일이었다. 다행히 마지막 경기에서 홈런을 터뜨리며 타격 감각을 찾기도 했다.

A.핸더슨 역시 여자 문제가 많은 선수다. 2002년에 결혼하여 두 명의 딸을 낳았지만 2008년 이혼했다. 이혼 사유는 A.핸더슨의 외도, 이후 세계적인 여배우와 사귀었다. 그는 때때로 모르는 여자와 같이 사진이 찍힌 것이 신문에 나기도 했다. 특히 그는 시합 중에 관중을 유혹한 것이 신문에 폭로되면서 어려움을 겪기도 했다. A.핸더슨이 양키스 더그아웃 뒤에서 관전하던 2명의 여자에게 볼 보이를 통해 자신의 전화번호를 줬다는 것을 뉴욕포스트가 기사화했다.

A.핸더슨은 올해 122경기에 나와 128개의 안타, 18개의 홈런을 쳤으며 0.272의 타율을 기록하고 있다. 3천만 달러의 연봉에 비해서는 초라한 성적이 아닐 수 없다.

삼열은 A.핸더슨의 엄청난 연봉을 생각하고는 피식 웃었다.

요한 지터도 그렇고 A.핸더슨도 유명 연예인과 염문을 뿌리고 있는 것을 양키스로 오기 전에 인터넷에서 봤다. 이전의 메이저리그의 영웅들이 술과 영화 등 야구에 방해되는 사소한 것마저도 조심하던 것과는 전혀 다른 모습이었다. 하지만 삼열은 그렇게 많은 연봉을 받고 이상한 곳에 돈을 쓰는 것을 이해하지 못했다. 가정이 얼마나 소중한지 모르니까 그렇게 하는 것이라고 생각했다.

그래도 요즘 메이저리그의 스타들은 에이전트사가 어느 정도의 재테크를 안내하기에 피트 알렉산더와 같이 알거지가 될 가능성은 크지 않았다.

A.핸더슨은 삼열이 자기를 보고 웃자 화가 났다. 딱히 비웃는 것 같지는 않았지만 신경이 쓰이는 묘한 웃음이었다.

삼열은 A.핸더슨가 조금도 무섭지 않았다. 비록 그가 2017년까지 메이저리그 최고의 연봉자가 확실하지만 그는 이미 나이도 많고 약물파동 이후에 기량이 끝없이 떨어지고 있었으니까.

삼열은 조심스럽게 공을 던졌다. 아직은 한 방이 있는 선수이기에 혹시나 해서 바깥쪽 무릎에 살짝 걸치는 공을 던졌다. 빠르고 낮은 공이었다.

펑.

"스트라이크."

A.핸더슨은 스윙조차 하지 못하였다. 약물파동과 여자문제로 인해 명성은 이미 떨어질 때로 떨어진 그였다.

두 번째 공은 투심으로, 세 번째 공은 스크루볼로 삼진을 잡았다. A.핸더슨마저 삼진으로 잡아내자 양키스타디움은 1회보다 더 크게 웅성거리기 시작했다.

5번 타자 마크 바이런이 나왔다. 그는 올해 2,300만 달러의 연봉을 받는 1루수다. 그 역시 장기 계약을 한 후로 먹튀까지는 아니어도 예전의 기량을 발휘하지 못하고 있었다. 메이저리그 구단들은 미쳤다. 당장 잘한다고 나이가 있는 선수들에게 어마어마한 장기 계약을 해준다.

그는 메이저리그의 대표적인 1루수이기도 하다. 마크 바이런 외에도 정상급 1루수로 알버트 푸홀스, 프린스 필더, 라이언 하워드를 꼽을 수 있다.

그는 올해 123게임에 나와 113개의 안타를 쳤고 24개의 홈런과 0.251의 타율을 기록했다. 수비만 아니면 거의 먹튀급의 활약을 하고 있는 그였다.

삼열은 공을 던졌다. 공이 날아가다가 휘어져 들어갔다. 순간 삼열은 아차했다. 던질 때 실밥이 손가락에 걸리는 감촉이 조금 달랐다. 역시나 공이 밋밋하게 들어갔다.

딱.

공이 마크 바이런의 배트에 맞아 하늘로 뻗었다. 하지만 레리 핀처가 이미 소리를 듣고 자리를 옮겨 공이 떨어지는 장소에 가 있었다. 그리고 공이 그의 글러브로 빨려 들어갔다. 역시 레리 핀처는 노련한 선수였다.

삼열이 던진 공이 비록 제구가 제대로 되지 않았지만 공의 힘에 눌려 멀리 뻗지를 못한 것이다. 강속구 투수의 장점 중 하나가 힘이 떨어지기 전에는 홈런이 잘 안 나온다는 것이었다.

삼열은 가볍게 한숨을 내쉬었다. 조금 전의 공은 정말 위험했다. 오늘은 평상시처럼 점수를 주면 주고 만다는 식의 경기를 할 수 없었다. 오늘 경기는 다름이 아닌 월드시리즈 개막전이니까.

6번 타자는 빌 네빌. 마크 바이런과 마찬가지로 스위치 타자다. 삼열은 좌타자로 들어선 그를 보며 피식 웃었다. 적어도 구위가 괜찮은 지금은 타자들이 왼쪽에 선다고 하더라도 유리한 것은 거의 없다. 오른손으로 던지는 지금도 언제든지 100마일 이상의 공을 던질 수 있기 때문이다.

삼열은 점점 뜨거워지는 컵스 팬들의 응원을 들으며 공을 던졌다. 이번 공은 혼신의 힘을 다해 던졌다. 공이 섬광처럼 날아갔다.

퍼엉.

요란한 소리와 함께 공이 미트에 박혔다. 빌 네빌은 어리둥

절한 눈으로 삼열과 전광판을 번갈아 보았다. 조금 전에 공이 지나가면서 기차 소리와 같이 요란한 굉음을 냈었기 때문이다.

104마일. 전광판에 찍힌 구속이 104마일이나 되었다. 빌 네빌은 고개를 수그리며 속으로 중얼거렸다.

'젠장, 정말 엄청나게 빠르잖아. 이런 공을 어떻게 쳐?'

그는 체념하고 다시 타석에 섰다. 그는 마음을 다잡고 배트를 휘둘렀지만 번번이 공이 지나간 다음이었다.

3구 삼진. 6타자를 상대해서 5개의 삼진을 뽑아내자 양키스 팬들마저 놀란 듯 삼열을 바라보며 감탄을 했다. 아메리칸 리그라서 삼열을 잘 모르고 있었지, 삼열은 이미 메이저리그 최고의 투수다. 정상급의 투수들과도 급이 다른 선수다. 왜냐하면 그의 몸은 이미 인간을 뛰어넘은 지 오래되었기 때문이다.

팽팽한 투수전이 계속되었다. 삼열은 묵묵히 공을 던졌다. 시간이 지나도 삼열의 공은 묵직하고 무브먼트 역시 좋았다. 그 어떤 타자도 그의 공을 치지 못했다.

6회에 컵스는 3점을 뽑아냈다. 무사 1, 2루 상황에서 로버트가 홈런을 쳤다. 이 홈런 한 방으로 경기가 끝나는 듯했다.

하지만 7회 말 2아웃에 삼열은 3번 타자 카노에게 솔로홈런을 맞았다. 삼열은 홈런에 충격을 잠시 받았지만 피식 웃고 말았다. 양키스를 상대로 무실점으로 이기려고 생각하지는 않았다. 마침 컵스가 조금 전에 3점이나 뽑아준 것이 마음의 방심을 불러온 것 같았다.

이 한 방의 홈런으로 삼열이 그동안 퍼펙트게임을 해오던 기록이 깨지고 말았다. 관중석에서 아쉬움이 터져 나왔다. 비록 홈런을 맞기는 했지만 삼열은 7이닝 동안 14개의 삼진을 잡았다.

대적 불가!

날카로운 제구는 송곳 같았고 이닝이 지나도 구위는 떨어지지 않았다. 그런데 방심으로 맞은 단 하나의 안타가 홈런이었다.

삼열은 A.핸더슨을 삼진으로 잡고 7회를 마쳤다. 양키스의 투수는 8회가 되면서 잭 피터슨으로 바뀌었다.

컵스의 타자들은 바뀐 투수를 끈질기게 괴롭혀 그는 1실점을 하고 물러났다. 이제 승부의 추는 완전히 컵스로 기울었다. 4 : 1은 삼열이 마운드에서 지키고 있는 한 역전하기 힘든 점수였다. 양키스의 조 알렉산더 감독도 그 사실을 인정하고 담담한 표정으로 서 있었다.

컵스는 공격에서 더 이상의 점수를 내지 못하고 8회 말이 되었다. 삼열은 천천히 마운드로 걸어갔다. 겨울로 가는 길목이라 서늘한 바람이 불어왔지만 양키스타디움의 뜨거운 열기에 흔적 없이 녹아버렸다.

'승리를 위해! 그리고 우승 반지를 위해!'

삼열은 타석에 들어선 마크 바이런을 파울 플라이로 잡았다. 6번 타자 빌 네빌이 타석에 들어섰다.

'엉?'

삼열은 빌 네빌의 타격폼이 마음에 들지 않았다. 대체적으로 양키스 선수들은 고액 연봉자가 많아 이렇게 적극적인 타격자세를 유지하지 않는다. 이전의 타격보다는 앞으로 많이 나와 있었다. 주심을 바라보았지만 그는 삼열의 눈을 피했다.

'망할 놈. 당연히 저러면 경고를 주거나 주의라도 줘야지.'

삼열은 괘씸했다. 싸움을 걸어온다면 피할 그가 아니었다. 삼열은 빠르고 강한 공을 던졌다. 그리고 퍽 하는 소리와 함께 빌 네빌이 어깨를 부여잡고 쓰러졌다.

약간 힘을 빼서 던지기는 했지만 무척이나 아플 것이다. 삼열은 말없이 홈플레이트에 쓰러진 빌 네빌을 바라보았다. 한참 후에 빌 네빌이 일어나 삼열을 노려보았지만 삼열은 무표정하게 그를 바라보았다.

1루로 걸어가던 그가 갑자기 마운드에 있는 삼열에게로 덤벼들었다. 그의 돌출 행동에 깜짝 놀란 선수들은 더그아웃에서 벌떡 일어났지만 그라운드로 뛰어나온 것은 양키스 선수들뿐이었다. 컵스의 선수들이 그라운드로 뛰어나오려고 했을 때 코치들이 막아섰다.

이기고 있는 경기를 망칠 생각이 없었던 것이다. 그리고 어차피 삼열은 가만히 있을 녀석이 아니었다. 몇 년 전에도 비슷한 일이 발생했는데 양 팀의 선수들이 서로 얽혀 싸우고 있을 때 중견수 뒤쪽으로 도망가 한가하게 관중과 잡담을 하던 녀석이었다.

컵스의 더그아웃에서 선수들이 뛰어나오지 않자 양키스의 선수들도 놀라 걸음을 멈추었다. 그라운드에 있던 컵스의 선수들조차 단 한 명도 모이지 않았던 것이다. 삼열은 이미 3루로 도망간 뒤였다. 마운드로 돌진하던 빌 네빌도 멍하니 서서 화를 식혔다. 삼열은 뻔뻔한 표정으로 3루에 가서 이안 스튜어트와 이야기를 주고받았다.

빌 네빌은 주심의 경고를 받고는 1루로 돌아갔다. 맞은 부위가 아파오면서 속도 울렁거렸다. 설마 진짜로 삼열이 자신에게 히트 바이 어 피치드 볼을 던질 줄은 몰랐다. 그리고 이렇게 아플 줄은 예상도 하지 못했다. 숨 쉬기가 힘들어지자 그는 결국 교체 신호를 1루 코치에게 했다. 몸을 비틀어 공의 충격을 흘려보내려고 했는데 맞은 부위가 애매했던 것 같았다.

—아, 삼열 선수 데드볼이군요. 이것이 두 번째로 도망가는 퍼포먼스군요. 휴스턴 애스트로스와의 경기에서는 강삼열 선

수 탈스힐로 도망갔었죠. 중견수 뒤쪽에 있는 그 조그마한 언덕 말이죠.

—하하, 이번에는 3루로 도망가서 스튜어트 선수와 이야기를 나누는군요. 그래서인지 컵스의 선수들은 아무도 벤치 클리어링에 참여하지 않았네요. 아마도 강삼열 선수 그때 컵스의 다른 선수들만 싸우고 본인은 관중과 농담을 하고 있었다는 것이 알려지면서 선수들에게 인심을 잃은 것 같았습니다.

—혹시 고의성이 있을까요?

장영필 아나운서가 조심스러운 어조로 송재진 해설위원에게 물었다.

—글쎄요, 저도 확실하게 말씀을 드릴 수는 없습니다. 다만 히트 바이 어 피치트 볼을 그 어떤 투수보다 적게 던지는 선수가 이런 결정적인 순간에 했는데도 어느 정도 의도성이 없다고는 말씀드릴 수는 없겠습니다. 결혼 후에 잠잠했던 악동 기질이 다시 발휘된 것인가요? 경기가 재미있게 돌아가는군요.

경기가 속개하자 삼열은 천연덕스럽게 마운드로 돌아와 아무렇지도 않은 듯 공을 던졌다. 삼열은 대주자가 2루로 뛰는 것을 보고 그대로 투구를 했다. 까짓 1점 더 준다는 심정으로. 최악의 경우 2점을 준다고 하더라도 여전히 1점 앞서고 있으니 상관없었다.

두 타자 연속으로 삼진으로 잡아낸 삼열은 왜 빌 네빌이 그렇게 했는지 이해가 되지 않았다. 빠른 공이었지만 그는 얼마든지 피할 수 있었다.

'나에 대해 조금의 조사도 안 했단 말인가?'

삼열은 어이가 없었다. 적극적으로 앞으로 나와 타격을 하는 타자들도 삼열이 던질 때는 그렇게 하지 않는다. 삼열은 그런 선수를 보는 족족 몸 쪽에 가까운 공을 던지곤 했다.

메이저리그 주심들은 몸 쪽 공을 지나치게 스트라이크로 잘 잡아주지 않는다.

그래서 공격적인 야구가 되는 것이지만, 투수의 입장으로서는 괴롭기 그지없다. 몸 쪽 공을 포기하고 바깥쪽과 중앙으로만 던질 수는 없기 때문이다. 그리고 몸 쪽 공을 던질 때도 곤혹스럽다. 대부분의 투수가 몸 쪽으로 스트라이크를 잡으려고 들어가다가 홈런을 맞는 경우가 많았기 때문이다.

삼열은 주자가 누상에 있다고 해서 흔들리는 투수가 아니다. 죽음을 극복한 강인한 정신력이 그를 어떤 상황에서도 무너지지 않게 만들었다. 그래서 내셔널리그의 타자들은 삼열이 마운드에 설 때는 몸 쪽 공을 욕심부리지 않는다. 결국 점수를 몇 점 낼 수 있어도 골병드는 것은 자신들이기 때문이다. 그리고 삼열의 공은 다른 투수들의 공과는 차원이 다르지 않은가.

경기는 계속되었고 삼열은 느긋하게 공을 던졌다. 던지면서 또 내일 시끄럽게 될 것이라고 한숨을 내쉬었다. 그래도 도전을 해오는 타자들이 있다면 피할 생각은 없었다.

월드시리즈 1차전은 전문가들의 예상대로 컵스가 이겼다. 문제는 삼열이 던진 히트 바이 어 피치드 볼이었다. 삼열이 의도적으로 그 공을 던졌는지 아닌지 사람들이 관심을 가졌다.

삼열은 인터뷰에서 사람들의 관심에 대해 시원하게 자신의 생각을 밝혔다. 그에게 새삼스러울 일도 아니었다.

—워싱턴 포스트의 자니 영 기자입니다. 일부에서는 빌 네빌에게 던진 히트 바이 어 피치드 볼이 고의적이라는 의견이 있는데 사실입니까?

"먼저 양키스의 타자가 제 공에 맞은 것에 대해서 유감을 표합니다. 하지만 분명하게 말씀드리는데 메이저리그의 어떤 투수도 마운드에서 고의적으로 타자를 맞히지는 않습니다. 그러나 타자가 몸 쪽에 붙어서 타격을 하면 이야기가 달라집니다. 돈 드라이스데일은 타자들이 몸 쪽에 붙어서 타격을 하면 할머니라도 맞힐 것이라고 말했습니다. 저도 마찬가지입니다. 몸 쪽으로 붙으면 언제든지 위협구를 던질 것입니다. 그런데 이거 아십니까? 제가 오늘 경기 중에 던진 공은 타자가 얼마든지 피할 수 있는 공이었습니다. 빌 네빌이 출루의 욕심 때문에 피하지 않은 것이지요. 그리고 그 공은 한국프로야구에서는 스트라이크존에서 불과 공이 1개밖에 빠지지 않은 것이었고요. 메이저리그 주심들은 유독 심하게 몸 쪽 공을 스트라이크로 잘 안 잡아줍니다. 그래서 투수들은 거의 몸 쪽 공을 포기하고 가운데와 바깥쪽으로 스트라이크를 잡습니다. 그러나 우리 투수들은 몸 쪽 공은 볼이 될 것을 알고서도 던질 수밖에 없습니다. 왜냐하면 공을 계속 바깥쪽과 중앙으로만 던질 수 없으니까요. 양키스의 타자들은 연봉을 받는 만큼 실력으로 저를 이겨야 합니다. 꼼수로 이기려고 하면 그것에는 절대로 동의할 수 없습니다."

—그렇다고 하더라도 고의적으로 그런 공을 던지는 것은 문제가 아닙니까?

"도대체 뭐가 문제죠? 여러분이 아시다시피 저는 지금 투수이지만 한때 타자도 했습니다. 타자로 나선 그해에 저는 내셔널리그 홈런왕 타이틀을 얻었습니다. 그래서 타자들의 어려움을 익히 알고 있습니다. 그렇다고 반칙을 하면 안 됩니다. 양키스의 전통과 팬들을 존중합니다. 그러나 월드시리즈에서 맞설 상대 투수에 대해서 조금도 연구를 안 하고 나온 것은 야구에 대한 모독입니다. 저를 알았다면 그런 일은 일어나지 않았을 것입니다. 내셔널리그의 타자들은 제가 공을 던질 때 절대 홈플레이트에 바짝 붙어서 타격을 하지 않습니다. 전 볼넷을 준다든지, 아니면 몸에 맞히는 공을 던졌다고 해서 흔들리는 투수가 아닙니다. 그래서 몸에 맞아 1루에 나가봐야 아무 의미가 없다는 것입니다. 전 야구를 좋아서 합니다. 야구를 해서 돈을 버는 것은 아내와 딸을 위해서입니다. 지금보다 훨씬 더 적은 돈을 번다고 하더라도 저는 기꺼이 공을 던지며 기뻐할 것입니다. 전 야구를 사랑하니까요. 제가 절망 한가운데서 고통스러워할 때 구원해 준 것은 다름 아닌 야구였습니다. 루게릭병에 걸려 죽어가면서도 제대로 잘 움직이지 못하는 몸으로 학교 야구부의 배트를 나르는 일을 했습니다. 야구는 제 삶이고 제 자신입니다. 스트라이크를 던지기 위해 투수는 동일한 공을 수천수만 번을 던집니다. 부탁하건대 우리 투수들을 생각해서 홈플레이트에 너무 바싹 붙어서 타격을 하지 말아주십시오."

삼열의 말에 기자들은 고개를 끄덕이며 동의의 표시를 했다. 그러고 보면 삼열이 던진 공은 그다지 괴상한 공이 아니었다. 다른 투수들이라면 얼마든지 한 경기에서 한두 번은 던질 수 있는 그런 공이었다.

다만 제구력의 천재가 그런 공을 던졌다는 것이 문제가 되었을 뿐이다.

—그렇다면 앞으로 어떻게 하실 생각인가요?

"내일 감독님이 허락해 주신다면 타자로 나설 것입니다. 나는 정당하게 해도 6할은 칠 수 있습니다. 내일 타자로서 정당하게 승부하는 것이 어떤 것인지 양키스 선수와 양키스 팬들에게 보여주겠습니다."

—정말인가요?

"뭐, 제 마음은 그렇다는 것이죠. 전 감독이 아닙니다."

삼열의 말에 기자들이 웃으며 타이핑을 하였다. 삼열이 시종 심각한 말을 했지만 어투는 부드러웠다. 삼열이 말한 6할을 삼열 특유의 뻥이라고 생각하고 대단하게 여기지 않았다. 게다가 단기전에 6할을 치는 것은 그렇게 큰 의미가 있는 것도 아니었다.

기자들은 역시 삼열의 인터뷰를 하고는 한 건 잡았다는 표정을 하였다. 이런 이벤트를 준비해 준다면 기자들로서는 한없이 고마울 뿐이다. 메이저리그 최고의 투수가 내일은 타자로 나선다니! 그것도 메이저리그 유일의 스위치 피처가 말이다.

어느덧 고의성 히트 바이 어 피치드 볼에 대해서는 더 이상 이야기를 하지 않았다.

*　　　*　　　*

아침이 되자 모든 신문은 삼열의 말을 앞다투어 대서특필

했다.

—삼열 강, 홈플레이트에 붙으면 할머니라도 맞힌다. 오늘 타자로 나서 양키스를 부숴 주겠다. 「워싱턴포스트」

—양키스 침몰할 것인가? 내셔널리그 홈런왕, 삼열 강 오늘 타자로 나서다. 「시카고 트리뷴」

—가공함 그 자체, 삼열 강 투수! 메이저리그를 점령하다. 투, 타에 모두 나서다. 「USA투데이」

—완벽함 그 자체, 삼열 강 양키스를 침몰시키다. 「뉴욕 타임즈」

베일 카르도 감독은 신문기사들을 보고 곤혹스러운 표정을 지었다. 어제 경기 후 인터뷰에서 갑자기 삼열이 장난을 쳤다. 오늘 경기에 타자로 나오겠다는 것은 감독이 생각해도 나쁜 의견은 아니었다. 하지만 삼열은 4차전 경기에도 마운드에서 서야 한다.

타격에 재능이 있는 그가 1번 타자로 나와 준다면 경기를 풀어가는 데 한결 수월할 것은 명확하다. 하지만 만약 부상이라도 입는다면? 컵스는 걷잡을 수 없이 침몰할 수밖에 없게 된다. 더욱이 2선발인 벅 쇼의 컨디션도 나쁘지 않아 굳이 삼열이 무리하지 않아도 한번 해볼 만했다.

양키스의 투수들 정도면 컵스의 타자들이 한번 노려볼 만하였다. 그런데 신문이 이렇게 확정적으로 기사를 내보내면 자신의 입지가 작아진다.

'하아~ 어떻게 한다?'

베일 카르도는 아침부터 골치가 아파 자신의 호텔방에서 왔다 갔다 했다. 잘못되면 자신이 더서티 베인만큼이나 욕을 먹을 수도 있는 사안이었다. 게다가 삼열은 마크 프라이어와는 비교조차 안 되는 슈퍼스타다. 그런 투수를 타자로 세우기도 안 세우기도 애매했다.

'젠장, 내가 욕먹고 말자.'

일단 팬들의 눈이 무서웠지 그깟 기자 나부랭이의 펜대는 무시하면 그만이다. 베일 카르도는 탁자를 손으로 한번 치고 호텔 식당으로 내려가 아침을 먹었다.

삼열이 아침을 먹으러 식당에 내려왔다. 어제 승리를 한 탓인지 동료선수들의 표정이 무척이나 밝았다.

"여, 삼열! 어서 와."

"헤이, 삼열! 빨리 밥 먹어, yo~"

"하이, 삼열. 어서 와."

모두 밝은 얼굴로 삼열을 맞았다. 오직 베일 카르도 감독만 삼열을 노려보며 못마땅한 표정을 지었을 뿐이다.

삼열이 접시 위에 놓인 고기와 채소 그리고 약간의 생선을 먹고 있는데 베일 카르도 감독이 지나가면서 한마디 했다.

"삼열, 오늘 출전은 없다."

삼열은 베일 카르도의 말에 그냥 어깨를 으쓱했다. 마치 자기와 상관이 없다는 듯이. 그 모습을 보고는 베일 카르도가 허탈한 표정을 지었다. 자신이 무려 2시간 동안이나 고민해서 결단을 내린 것치고 당사자의 반응이 너무 없었던 것이다.

삼열은 베일 카르도 감독의 말을 듣고 속으로 웃었다. 말은 그렇게 했지만 감독이 자신을 타자로 내보낼 것이라고는 생각하지 않았다. 7경기 중에서 이제 겨우 첫 경기를 했을 뿐이다.

삼열이 아침을 먹고 인터넷을 검색해 보니 자신의 이름이 모든 매체의 전면을 장식하고 있었다. 인터넷 신문, 동영상, 블로그, 페이스북 등의 매체에서 삼열의 행동과 말은 압도적인 1위를 달리고 있었다.

'워, 이거 한 방 더 크게 터뜨리면 내가 전국 짱 먹겠는데.'

삼열은 웃으면서 다음 내용을 생각했다. 사실 어제의 행동은 즉흥적인 것이었지만 인터뷰는 항상 치밀하게 계산해서 하곤 한다.

말이 가지는 가치와 힘을 누구보다 더 잘 알고 있는 그였다. 인간의 모든 행위는 말로 이루어지고 말로 끝난다. 사랑과 이별, 성공과 실패 등 인간이 태어나고 죽음으로써 비로소 끝이 나는 것이 말이다.

삼열은 아침을 먹고 스트레칭을 하며 머리를 굴렸다. 어떻게 해야 사람들의 이목을 더 많이 끌게 될까?

메이저리그에는 너무 많은 선수가 있다. 그것이 문제다. 너무 많은 선수가 있다 보니 어지간해도 눈에 잘 띄지 않는다. 삼열은 자신이 언제까지 돈을 벌 수 있을까 생각해 봤는데 다른 투수들을 참고해 보면 FA로 대박계약을 맺으면 거의 끝나간다.

A.핸더슨이니까 연거푸 두 번 대박 계약을 했지, 대부분의 선수는 한 번 하기도 힘들다. 그래서 방향을 튼 것이 기업후원광고였다. 힘들게 죽으라고 공을 던지는 것보다 광고로 더 많은 돈을 벌 수 있다는 것을 타이거 우즈를 통해 배웠다. 그러니 안 할 이유가 없는 것이다.

삼열이 호텔방에서 커피를 마시고 있는데 로버트와 벅 쇼, 그리고 하재영이 놀러 왔다.

"하이, 삼열. 우리가 왔다."

"어서 와. 커피 줘?"

"좋지."

삼열은 커피를 따로 내려 세 명에게 주었다. 그러고는 자신도 한잔 더 따라 마셨다.

"역시 삼열, 너는 해냈구나."

로버트가 삼열을 보며 부러운 표정으로 말하자 벅 쇼가 긴장한 표정으로 고개를 끄덕였다. 삼열은 그 모습을 보고 벅 쇼가 긴장하고 있음을 알았다.

"벅 쇼, 어깨에서 힘 빼라."

"……?"

"너 그렇게 긴장한 상태에서 공 던지면 진짜 어깨 빠진다."

"그러게. 긴장을 안 하려고 해도 자꾸 부담이 되네."

"꼭 이기려고 하지는 마."

"무슨 말이야? 당연히 월드시리즈 승리투수가 되어야지."

삼열은 벅 쇼를 바라보았다. 그는 자신보다 더 늦게 메이저리그에 올라왔다. 컵스에 있어서 2선발이지 다른 구단에 갔으면 에이스를 충분히 할 그였다. 하지만 그래도 그는 큰 경기 경험이 없었다. 실수할 여지가 충분히 있었다.

"야구를 즐기면 저절로 성적이 따라오는 거야. 성적을 위해 던지다 보면 자꾸 무리하게 돼. 점수를 줄 만하면 주는 것이고 질 만하면 지는 것이지."

"어떻게 그래. 반드시 이겨야지."

삼열은 벅 쇼의 말에 피식 웃었다. 그가 이렇게 승부욕을 내비치는 것은 보기 드문 일이었다. 약간 내성적인 성격의 그는 어지간하면 자기 생각을 잘 밖으로 드러내지 않는다.

"나도 네가 승리투수가 되길 정말 바라지. 네가 승리를 해야 우리가 우승에 한 발 더 가까이 나아가게 되니까 말이지.

하지만 너 내가 타자가 주루에 있어도 왜 절대로 안 흔들리는지 알아?"

"그건 네가 제구력이 뛰어나서 그런 것 아냐?"

"그런 자신감도 중요하긴 하지. 하지만 아냐. 난 항상 점수를 줄 생각을 하고 편하게 던져. 물론 승부가 박빙일 때는 나도 욕심이 나기는 하지만 그렇게 한다고 해도 잘되지 않더라고. 최선을 다하다 보면 길은 저절로 보이게 되는 법이거든. 인생이 그래."

"그런가……?"

벅쇼는 고개를 갸웃거리며 삼열의 얼굴을 바라보았다. 하지만 삼열은 다른 생각에 잠겼다.

살기 위해서 발버둥 칠 때는 작은아버지가 아버지가 물려주신 유산을 훔쳐가고 루게릭병에 걸렸을 뿐만 아니라 학교에서 왕따까지 당했었다. 하지만 어느 순간, 도저히 고칠 수 없는 병이라는 것을 깨달았을 때 평화가 찾아왔다. 그리고 인생의 은인인 미카엘도 그때 만났다.

사랑을 지키려고 할 때는 애인에게 이별 통보를 받았지만 모든 것을 포기하고 담담하게 있을 때 지금의 아내인 마리아를 만났다. 인생이라는 것이 최선을 다해서 살아야 하지만 최선을 다한다고 그 결과까지 최고일 수는 없다.

"흐음, 그런가……?"

벅 쇼는 삼열의 말을 거듭 생각하는지 중얼거렸다. 그런 그를 보며 삼열은 피식 웃었다. 한동안 분위기가 심각해서인지 로버트와 하재영이 눈치를 살피고 있었었다.

"동생들은 잘 있고?"

삼열은 로버트를 보며 그의 동생들에 대해 물었다. 어릴 적 아버지를 잃은 그는 몇 년 전에 어머니마저 돌아가셨다.

삼열은 그때 그의 어머니의 장례식에 참여하여 로버트의 동생들을 보았었다. 형제들 사이에 우애가 참 좋아 보였었다. 형제가 없는 삼열은 그것이 너무나 부러웠었다.

"응, 이제 동생들도 이곳 생활에 적응해 가고 있어."

"아, 다행이네."

삼열은 로버트의 연봉이 늘어난 것을 생각하며 고개를 끄덕였다.

한참 이야기를 하고 있는데 핸드폰이 지잉 하고 울렸다. 삼열이 보니 집에서 온 전화였다.

"여보세요?"

—여보, 저예요. 몸은 어때요?

"어, 괜찮아. 집에는 아무 일 없지?"

—그럼요. 당신만 괜찮으면 우리도 괜찮아요.

삼열은 부드러운 마리아의 목소리를 들으며 행복해졌다. 어제의 승리보다 아내의 다정한 목소리가 더 가치가 있다. 수화기 저편으로 줄리아의 목소리가 들려왔다. '나도, 나도' 하면서 전화를 바꿔 달라는 소리와 함께 제시의 짖는 소리도 들렸다.

—아빠, 아빠. 나 아빠 보고 싶어. 언제 와?

"나도 우리 줄리 보고 싶지. 오늘 경기를 하고 내일 집으로 갈 거야."

—정말? 에헤헤헤. 올 때 선물 사와야 해. 제시, 아빠에게 너도 한마디 해.

전화기 사이로 제시의 왈왈 소리가 들려왔다. 다시 마리아가 전화를 받아 몸조심하라고 당부를 하고는 전화를 끊었다.

아직 총각인 벅 쇼, 로버트, 하재영은 삼열이 통화하는 것을 들으며 부러워했다.

그도 그럴 것이 항상 홈경기면 모녀가 다정하게 컵스의 경기를 관람하러 오는데, 그 모습이 무척이나 보기 좋았던 것이다.

대부분 나이는 비슷하지만 삼열이 워낙 결혼을 일찍 했기에 부러움의 대상이 되었다. 마리아의 눈부신 미모와 배경, 그리고 줄리아의 귀여운 모습은 부러움의 대상이었다.

삼열과 일행은 호텔에서 점심을 먹고 연습장으로 갔다. 오늘은 월드시리즈 2차전이 있는 날이다. 오늘 선발인 벅 쇼의 구위는 거의 JJ.버킨급이다. 경험이 없어서 날려 먹은 경기가 몇 있었지만 시간이 지날수록 그의 승수는 계속 올라갈 것이다.

삼열은 공을 천천히 던지며 몸을 풀었다. 역시 투수가 그의 적성에 맞았다.

하루 던지고 4일을 쉬니 할 만했다. 다른 선수들과 달리 엄청나게 뛰어난 신체를 가지고 있는 그로서는 투수를 하는 것이 여러모로 여유가 있어 좋았다. 타자도 나름 괜찮지만 너무 많은 경기를 하게 되는 것이 부담스러웠을 뿐이다.

'가자, 우승을 향해!'

삼열은 남은 6경기에 언제든지 나갈 마음의 준비를 했다. 이제 3경기만 더 이기면 우승 반지를 끼게 된다. 몸을 사릴 이유가 없는 것이다. 삼열은 시간이 지날수록 마음의 안정을 찾는 벅 쇼를 보며 주먹을 꽉 쥐었다.

우승은 멀리 있지 않았다. 바로 가까이에서 삼열을 유혹하고 있었다. 삼열은 기꺼이 우승을 향해 나아갈 것을 결심했다. 마음으로 간절히 원하면 소원은 이루어진다는 파울로 코엘료의 '연금술사'라는 소설책이 생각났다. 이 순간 삼열은 누구보다도 더 간절하게 원했다.

온 우주의 모든 것이 간절하게 소망하는 자를 위해 실현해 줄 정도로 뜨겁고 강하게.

삼열은 아주 천천히 공을 던지고 또 던졌다. 몸이 풀린 후에는 배트로 스윙 연습을 했다. 승리는 다가오는 것이 아니라 만들어지는 것이다. 행복도 찾는 것이 아니라 서로 만드는 것이다.

삼열은 말없이 웃으며 배트를 휘둘렀다. 배트가 지나간 자리를 바람 소리가 요란하게 뒤따랐다.

6. 타자로

월드시리즈 2차전, 양키스는 단단히 벼르고 나왔다. 어제는 경기에서 지고도 모자라 인터뷰에서 삼열에게 다시 까여 만신창이가 되었다. 삼열에게 우호적인 언론 덕분에 양키스는 한마디로 엿이 되었다.

게다가 오늘 컵스의 선발은 벅 쇼. 삼열이 아니었기에 대부분의 양키스 선수는 자신들이 쉽게 이길 것이라 생각했다. 왜냐하면 양키스는 메이저리그 최강의 화력을 가지고 있기 때문이다.

"와, 재들 눈에서 광선이 뿜어져 나오는데."

"어제 뭐 되었잖아. 어제 쟤네 벤치클리어하려고 튀어나왔는데 우리가 반응을 안 해줘 망신을 톡톡히 당했잖아, 크크크."

"게다가 삼열이가 한 인터뷰에서 열나게 까이고. 나 같아도 저러겠다."

컵스의 더그아웃에서 몇몇 선수들이 양키스의 선수들을 바라보며 시시덕거렸다.

경기가 시작되면서 양키스의 선발투수가 연습구를 던지는 사이 1번 타자 빅토르 영이 타석 근처에서 배트를 휘두르며 몸을 풀었다.

"호, 공이 괜찮은데."

이미 비디오로 여러 번 본 투수의 공이지만 빠르고 묵직했다. 양키스의 선발투수는 피터 안드레로 2010년 18승, 2012년 16승을 하면서 정상급 투수로 발돋움한 선수다. 이후 3년간 꾸준히 10승 이상씩 했다. 사실 그는 2009년까지는 그저 그런 선수였다.

안드레는 고교 때 슬라이더를 주로 던지는 투수였다. 메이저리그로 올라오면서 그는 슬라이더 대신에 커터를 배웠다. 그런데 한동안 제구력 난조로 그의 커터는 밋밋한 공이 되어버려 많은 고생을 했다. 결국 그는 본의 아니게 선발보다는 중간 계투로 많이 등판하였었다.

하지만 갑자기 직구의 구속이 빨라지기 시작하면서 그의 공은 위력적으로 변했다. 95마일 전후로 직구가 형성되자 밋밋했던 커터도 날카로워지기 시작한 것이다. 그때부터 그의 전성기가 시작되었다.

빅토르 영이 타석에 들어서자 피터 안드레가 공을 던졌다. 날카로운 공이 스트라이크존에서 무시무시하게 변하기 시작했다.

빅토르 영도 그가 던진 공의 현란한 무브먼트에 연거푸 헛스윙하고 말았다. 수직과 좌우로 변하는 공의 궤적이 상당해서 정교한 타격을 하는 빅토르 영조차 제대로 배팅을 하지 못하고 4구만에 삼진을 당했다.

빅토르 영이 아웃될 때까지 컵스의 더그아웃의 분위기는 좋았다. 하지만 스트롱 케인마저 4구 끝에 삼진으로 물러나자 분위기가 변하기 시작했다.

삼열은 안드레의 공을 보면서 그가 어제 공을 던진 JJ.버킨 못지않은 컨트롤을 구사하고 있음을 알아챘다. 오히려 조금 방심을 하고 있어서인지 컵스의 타자들은 쉽게 삼진을 당했다. 좋은 공이긴 하지만 그렇다고 이렇게 무기력하게 물러나는 것은 컵스답지 않았다.

3번 타자로 하재영이 나왔다. 레리 핀처가 아침에 가벼운 감기 증세를 보였기 때문이다. 젊은 나이도 아닌 노장이기에 컵스는 레리 핀처 대신 하재영을 즉각 투입했다.

하재영은 모처럼 자신에게 주어진 기회를 절대로 놓칠 수 없었다. 더구나 이 경기는 월드시리즈였다. 사실 그는 자신이 월드시리즈에 출전한 것 자체만으로도 영광으로 생각했다. 하지만 모처럼 찾아온 기회를 날릴 수는 없다.

재영은 배트를 단단히 잡았다. 정말 메이저리그에 올라오기 위해 얼마나 노력했는지 모른다. 마이너리그에서만 무려 6년을 보냈다. 눈물 젖은 햄버거를 거의 매일 같이 먹었다. 다시 그곳으로 돌아갈 생각은 눈곱만치도 없었다.

'와라, 넘겨주겠어.'

하재영은 이를 악물었다. 오늘 아침에 레리 핀처가 감기 기운이 없었다면 월드시리즈에 출전하지도 못했을 것이다. 기회는 왔을 때 잡아야 한다.

기회는 사람을 오래 기다려 주지 않으며 쉽게 잡히지도 않는다. 그래서 하재영은 이를 악물었다. 공이 빠르게 날아왔다. 하재영은 날아오는 공을 보며 빠르게 배트를 휘둘렀다.

펑.

"스트라이크."

직구가 아닌 커터였다. 타이밍을 놓친 재영은 헛스윙을 할 수밖에 없었다.

정말 좋은 투수였다. 정말로 공의 무브먼트가 굉장했다.

이렇게 낙차가 심한 공에 배트가 쉽게 나가는 이유는 타자가 투수의 공을 인지할 때까지는 공의 변화가 없기 때문이다.

직구가 빠른 투수의 공에는 타자들이 히팅포인트를 앞에다 두게 마련이다. 투수가 공을 던지는 순간 배트가 나가야 맞힐 수 있으니까. 그래서 중간에 공이 변해도 멈출 수가 없다. 시력이 뛰어나거나 손목의 악력이 엄청나게 좋은 타자의 경우는 물론 예외다.

하재영은 타석에서 물러나 크게 심호흡을 했다. 그러자 흥분했던 심장이 정상적으로 돌아오기 시작했다. 마음이 진정되면서 이전의 타자들이 어떻게 아웃되었는지 선명하게 기억이 났다.

'크게 휘두르면 절대 맞힐 수 없어. 지금은 안타를 쳐야 해.'

이제 1회 초다. 투수가 실투하지 않는 한 홈런 욕심을 버려야 한다는 것을 깨닫자 마음이 차분해졌다. 투수가 지친 5회 이후에나 홈런을 노려보아야 할 것이다. 이런 빅 경기에서 홈런을 때린다면 감독과 팬들에게 강인한 인상을 남기겠지만 그렇다고 터무니없이 욕심을 부릴 수는 없다.

재영은 공이 지나가는 궤적을 보며 침착하게 기다렸다. 그러자 길이 보였다.

펑.

"볼."

안드레는 빠른 직구 뒤에 커터나 투심, 아니면 커브를 던져 타이밍을 빼앗곤 했다. 빠른 공을 목격한 뒤라 자연히 서두르게 된다. 머리로는 침착해야지 하면서도 빠른 공을 치기 위해서는 히팅 포인트를 앞에 둘 수밖에 없다. 사실 이런 원리 때문에 체인지업이 통하는 것이기도 하였다.

재영은 다시 크게 호흡을 가다듬고 타석에 들어섰다. 그의 이런 행동을 멀리서 보면 마치 수도사가 도를 닦는 듯한 느낌을 주었다. 그만큼 재영의 행동은 특이했다.

다시 공이 날아왔다. 재영은 이번에는 조금 다르다는 느낌을 받았다. 그래서 힘껏 배트를 휘둘렀다. 무심결에 온 힘을 다해 공을 쳤다.

따악.

배트에 맞은 공이 멀리멀리 뻗기 시작했다. 피터 안드레가 마운드에서 망연한 표정으로 서 있었다. 그는 조금 전 자신의 공이 실투라는 것을 던지자마자 알아챘다. 그래서 설마 했는데 역시나 크게 맞은 것이다.

메이저리그의 타자들은 투수들의 실수를 어지간해서는 놓치지 않는다. 하재영은 안드레가 던진 실투성 공을 정확히 때렸다.

재영은 1루 가까이 가서 공이 펜스를 넘어가는 것을 보고는 두 주먹을 불끈 쥐고 1루 베이스를 밟았다. 눈물이 날 것 같은 것을 억지로 참자 이번엔 입가에 빙그레 미소가 쌓였다. 마치 6년간의 마이너리그 생활을 보상받기라도 한 듯 월드시리즈에서의 홈런은 감격 그 자체였다.

"와아, 이거 재영이 오늘 한 건 하는데."

"그레이트, 굿 가이!"

관중들의 함성 속에서 컵스의 선수들이 더그아웃에서 웃으며 이야기를 했다. 이제는 예전의 어두운 분위기를 찾아볼 수 없는 컵스의 선수들이다. 염소의 저주 따위는 흔적조차도 남아 있지 않았다.

재영은 더그아웃으로 들어와 동료 선수들의 축하를 받았다. 물론 메이저리그 첫 홈런은 아니지만 월드시리즈에서 홈런은 그 격이 달랐다. 가슴이 뭉클하고 먹먹했다. 그리고 희열과 환희가 그의 뇌세포를 모조리 잡아먹었다.

안드레는 홈런을 맞고는 충격을 받았지만 곧 정신을 차렸다. 실투에 홈런을 맞았으니 위축이 될 것이라는 생각과 달리 더 강하고 빠른 공을 던져 4번 타자 존리를 외야 뜬공으로 잡았다.

삼열은 컵스의 선수들이 수비하러 가는 모습을 더그아웃에서 바라보았다. 선수들의 사기나 의욕도 넘쳐 보였다. 벅 쇼가 마운드에서 연습구를 던지고 있는 사이 수비수들도 굳어진 몸을 풀며 준비를 했다.

벅 쇼는 떠오르는 몸 쪽 공을 던져 1번 타자 요한 지터를 삼진으로 아웃시켰다. 걱정했던 것보다는 훨씬 잘 던지는 벅 쇼를 보며 삼열은 마음을 놓았다.

3회까지 벅 쇼는 거의 퍼펙트하게 양키스의 타자들을 범타 처리하곤 했다. 하지만 4회에 2점 홈런을 에드워드 카노에게 맞고 말았다. 순식간에 점수는 2 : 1로 역전되고 말았다.

삼열은 벅 쇼가 흔들리는 것을 보고 오늘 경기가 힘들게 갈 것이라는 느낌을 받았다. 벅 쇼가 정상급 투수이기는 하지만 양키스 타자들의 경험과 실력도 만만치 않았기 때문이다. 타순이 한 번 돌고 나자 벅 쇼의 투구 패턴이 읽힌 것도 문제였다.

'어쩐다?'

삼열은 머릿속으로 온갖 생각들이 떠올랐다 사라졌다. 오늘 경기는 정말 중요하였다. 오늘 지면 시합이 다시 원점으로 돌아가고 그렇게 되면 양키스의 막강 타력을 막을 수 없게 될지도 모른다.

컵스가 월드시리즈에 올라온 것은 운에 가까웠다. 삼열이 시리즈 경기에서 최소 2승은 확실하게 해줬으니 쉽게 올라온 것도 있다.

삼열은 고민했다. 어쩌면 다시 엉망진창인 예전의 컵스로 돌아갈 위험이 있다는 생각이 들었다.

'그렇다고 오늘 또 공을 던질 수는 없고.'

아무리 삼열이라도 이틀 연속 등판하는 것은 무리였다. 특히 어제 완투를 했기에 자신이 없었다. 한두 이닝이라면 몰라도 그 이상은 힘들다. 그리고 컵스의 중간 계투진은 아직 생생했다. 그들은 4일을 쉬고 월드시리즈에 나왔지만 어제는 삼열이 완투해서 5일간 등판하지를 않았다. 그러니 삼열이 마운드에 굳이 무리하게 오를 이유가 없었다.

삼열은 제임스 로슨 타격 코치에게 대타로 나가고 싶다고 말했다. 삼열의 이야기를 들은 로슨 타격 코치는 베일 카르도감독에게 삼열의 말을 전했다. 그도 역시 삼열이 타자로 나와만 준다면 경기의 흐름을 바꿀 수 있을 것이라고는 생각했다.

베일 카르도 감독은 골치가 아파졌다. 2 : 1로 역전된 상황에서 상대 투수의 공은 점점 더 위력을 발휘하고 있다. 그렇다고 삼열을 타자로 출전시켰다가 부상이라도 입는다면 뒷감당을 할 자신이 없다. 또 삼열이 타자로 출전해도 이긴다는 보장도 없고. 그래서 묵묵부답으로 벤치에 앉아 자리를 지키고 있었다.

삼열은 감독이 아무 말도 하지 않는 것을 보고 그 이유를 짐작했다. 감독은 자신의 출전을 놓고 갈등하고 있는 것이었다. 그렇다면 자신이 감독의 짐을 들어줄 필요가 있다고 생각했다.

삼열은 배트를 들고 더그아웃 근처에서 배트를 휘둘렀다. 몇몇 관중이 삼열을 보고 소리를 질렀고 카메라가 그런 삼열을 잡았다. 삼열의 모습이 전광판에 비치자 관중석에서 '와아!' 하는 함성이 나왔다. 베일 카르도 감독은 그 모습을 보고 '끙!' 하고 신음을 터뜨렸다.

영악한 놈이었다. 자신이 결정을 내리지 못하자 저런 행동을 통해 자신으로 하여금 결정하도록 압력을 넣고 있는 것이었다.

베일 카르도는 삼열을 지명타자로 내보내면 큰 문제는 없을 것 같기는 했지만 조심스러웠다. 삼열은 그냥 투수가 아니라 메이저리그 최고의 투수다. 그래서 더 조심스러웠다.

공을 던지다가 부상당하면 그것은 어쩔 수 없는 것이 되지만 만약 자신이 그를 타자로 출전시켜서 잘못되면 그것은 모두 감독의 탓이 된다. 그래서 매력적인 유혹이지만 흔들릴 수가 없었다.

이 이상한 광경을 본 KBS ESPN의 장영필 아나운서와 송재진 해설위원뿐만 아니라 양키스의 장내 아나운서 존 닥스가 방송하면서 삼열의 타격 시위가 커졌다. 신이 난 각 방송사들은 삼열의 모습과 베일 카르도 감독을 번갈아 가면서 찍었다.

'어떻게 한다?'

베일 카르도 감독도 고민이 되었다. 오늘 경기에서 지면 앞으로의 시합이 어떻게 될지 모르게 흘러간다. 그게 문제다.

타자들은 안드레의 공에 막혀 헛스윙이나 남발했고, 어제 던진 투수라는 놈은 타자로 출전시켜 달라고 시위를 하고 있었다. 생각이 '절대 안 돼'에서 '혹시 가능하지 않을까?'로 조금씩 바뀌기 시작했다.

오늘 아침에 2시간 동안이나 고민해서 내린 결정들이 삼열의 시위로 인해 흔들리기 시작했다.

베일 카르도 감독은 빠르게 결정했다. 모험을 해보기로 말이다. 제임스 로슨 타격 코치가 삼열에게 출전을 전달했다.

베일 카르도 감독은 자신이 결정을 내리고도 등줄기에 식은땀이 흘러내렸다. 오늘 자신은 분명 영웅이 되거나 아니면 최고의 악당이 될 것이라고 생각했다. 하지만 우승에 대한 유혹이 너무나 컸다.

'잘하겠지. 지 몸은 알아서 잘 챙기니까.'

베일 카르도 감독이 삼열의 출전을 허락한 이유 중의 하나가 삼열이 자신의 몸을 엄청나게 챙기기 때문이었다. 그는 항상 타석에 들어설 때면 온몸에 보호장비를 덕지덕지 붙이고 나간다. 그렇게 하는데 큰일이야 일어나겠는가 하고 생각을 한 것이다.

그런데 큰일이 벌어졌다.

삼열은 5회 원아웃 상황에서 출전했다. 타자로 출전하자마자 안드레에게 21개의 공을 던지게 만들고서는 안타를 치고 나갔다.

안드레는 화가 났다. 사실 투수들이 한 타자에게 10개 이상의 공을 던지게 되면 짜증과 화가 나면서 서서히 이성을 잃게 된다. 그런데 21개의 공을 던지고도 아웃을 시키지 못하면 엄청나게 화가 나게 된다.

루크 애플링의 28개보다는 적지만 21개는 최근 메이저리그에서는 유래를 찾아보기 힘든 투구테러였다.

베일 카르도 감독은 삼열을 보며 혀를 찼다. 어지간하면 충분히 제 몫을 해줄 것으로 생각했지만 상대 투수로 하여금 공을 21개나 던지게 만들 줄은 상상도 하지 못했다. 그것은 조 알렉산더 감독 역시 마찬가지였다.

어제 타자로서 나서면 6할도 칠 수 있다고 인터뷰를 할 때는 그냥 웃어넘겼었다.

작년과 올해 타석에 설 때 삼열은 거의 타격에 대한 의지가 없었다. 그래도 조 알렉산더 감독은 3년 전 삼열의 홈런왕 타이틀을 획득했을 때의 비디오를 보긴 봤었다.

정교한 타격을 하기는 하지만 대단한 것은 없어 보였다. 하지만 그해의 삼열은 타자로 시합에 나가는 동시에 투구 연습을 병행했었기 때문에 타자로서의 제 실력을 모두 발휘하지 못했었다. 삼열은 타자로 나서면서도 아침에는 왼손으로 투구 훈련을 했었던 것이다.

삼열은 1루에서 마크 바이런을 보며 말을 했다.

"하이, 마크 바이런!"

"하이, 강!"

마크 바이런은 옅은 미소를 지으며 삼열에게 인사를 했다. 삼열은 1루 코치에게 보호장비를 벗어주며 그에게 날씨이야기를 했다. 그리고 그에게 물었다.

"헤이, 마크 바이런. 내가 뛸 것 같아?"

마크 바이런은 삼열의 말을 듣자마자 직감적으로 삼열이 도루를 시도할 것이라는 것을 알고 포수에게 사인하려고 했다. 하지만 안드레 투수가 1번 타자 빅토르 영에게 초구를 던지자마자 삼열은 번개처럼 2루로 달렸다.

삼열이 2루로 달릴 수 있었던 것은 2루수가 베이스에서 조금 떨어져 있었기 때문이다.

삼열의 전광석화 같은 도루에 양키스타디움은 함성과 탄식으로 뒤범벅되었다. 1루 쪽 관중석에서 컵스의 팬들이 그 유치찬란한 파워 업 응원가를 다시 부르기 시작하면서 점차 양키스타디움을 집어삼켜 버리기 시작했다.

안드레와 러셀 훈트 포수는 삼열의 도루에 어이가 없었다. 조금의 조짐도 없이 삼열이 순식간에 2루로 내달렸기 때문이다.

2루수 에드워드 카노는 자신이 백업이 늦어 포수가 2루로 공을 던지지 못한 것에 미안한 마음을 가졌다. 사실 카노가 백업하고 있었다고 해도 삼열의 스타트가 워낙 빨라 별 소용이 없었을 것이다.

문제는 삼열이 도루를 시도했을 때 투수와 포수가 전혀 눈치를 채지 못했다는 점이다.

삼열은 2루에서 안드레의 투구를 눈여겨보고 있었다. 3루 도루는 포수가 바로 눈앞에서 보고 있어서 2루로 도루하는 것보다는 훨씬 더 힘들다. 그리고 포수의 입장에서 3루보다는 2루가 훨씬 더 멀기도 했다. 하지만 삼열은 이전에도 3루 도루를 여러 번 했었다. 문제는 타이밍, 상대의 호흡을 빼앗는 것이다.

삼열은 빅토르 영이 배팅하는 것을 2루에서 지켜보았다. 이미 피터 안드레는 거의 침몰 직전에 놓여 있었다. 삼열에게만 21개의 공을 던졌으니 그동안 관리해왔던 투구 수가 의미가 없어진 것이다.

안드레는 점점 지치기 시작했다. 정신적으로는 이미 만신창이 되었고 육체적으로도 기운이 빠졌다. 삼열에게 21개의 공을 던진 것도 화가 나는데 안타를 맞고 도루까지 당하니 더욱 그러했다.

상황이 이렇게 되자 빅토르 영은 1회 초와 전혀 다른 타격을 하기 시작했다. 원래 끈질기게 찬스를 노리는 성격인 그는 타순이 2번째로 돌다 보니 안드레의 투구 스타일이 어느 정도 눈에 익어버린 것이다.

2스트라이크 2볼.

안드레는 던질 공이 마땅치 않았다. 배트를 짧게 잡은 빅토르 영은 스트라이크로 보이는 공은 계속 파울을 만들고 있었다.

'아, 뭘 던지지?'

아까부터 안드레는 훈트 포수와 사인이 잘 맞지 않고 있었다. 그것이 그의 마음을 무겁게 하였다. 주자가 2루에 있음에도 불구하고 그에게 자꾸 커브를 요구하고 있다.

물론 직구와 커터를 많이 던져서 커브를 던질 타이밍이기는 하였다. 하지만 커브를 던지면 2루에 있는 주자가 뛸 확률이 높았다. 그렇다고 계속 직구를 던질 수도 없고. 비록 파울볼이 되기는 했지만 조금 전에 빅토르 영이 친 안타성 파울볼도 직구였다.

투구 패턴이 상대 타자에게 읽힌다는 느낌이 들어 불안하기는 했지만 포수의 요구대로 커브를 던질까, 체인지업을 던질까를 생각하였다.

삼열은 2루에서 차분하게 기다렸다.

2루수 카노가 언제든지 백업을 할 수 있는 위치에서 수비를 보고 있는 것을 알고 있기에 리드 폭을 많이 잡지는 않았다. 하지만 순간 가속력이 좋은 삼열에게는 리드 폭은 그다지 의미가 없다.

'이제 뭐든 던지겠군.'

삼열은 안드레가 투구하려는 모습을 보고 직감적으로 브레이킹볼을 던질 것으로 생각했다. 그래서 안드레가 공을 던지자마자 삼열은 그대로 뛰기 시작했다.

이런 삼열의 행동에 관중들이 환호성을 질렀다. 훈트 포수는 공을 잡자마자 3루로 던졌다. 2루에서 두 발자국 떨어진 곳에서 수비하던 A.핸더슨이 3루 베이스를 커버하러 들어오는 사이 삼열과 어깨를 부딪쳤다.

'헉!' 하는 소리와 함께 A.핸더슨이 옆으로 밀려나면서 쓰러졌지만 다행히 공은 글러브에서 빠지지 않았다. 3루심은 세이프를 선언했다.

넘어졌다 일어난 A.핸더슨은 3루심에게 아무런 이의도 제기하지 않았다. 사실 주루방해를 선언하지 않은 것만 해도 다행이라고 그는 생각했다.

2루 도루에 이어 3루까지 연달아 성공하자 관중석에서 난리가 났다. 전광판에서는 도루하는 삼열의 모습을 거듭 보여주고 있었다. 홈경기라 양키스에 불리한 장면을 방송해 주지 않을 것이라는 생각과는 달리 대체로 경기 내용이 객관적으로 전광판에 나왔다.

느린 화면으로 나온 리플레이를 보며 관중들은 모두 삼열의 전광석화 같은 주루 플레이에 넋을 빼앗겼다. 여전히 타석에서는 빅토르 영이 안드레 투수를 노려보고 있었다.

이제 2스트라이크 3볼. 타자가 절대적으로 유리했다. 또 빅토르 영의 발도 무척이나 빨라 고의사구를 던질 수 없었다.

조 알렉산더 감독은 투수 교체 타이밍 때문에 고민이었다. 예상치 못한 전개에 그 역시 당황스러웠다. 투수인 삼열이 타자로 나와 연거푸 도루하니 어이가 없었던 것이다.

타이 콥처럼 슬라이딩을 할 때 스파이크를 세워서 들어가는 것도 아니고 그냥 엄청나게 빨랐다. '헉!' 하고 놀라는 순간 주자는 이미 도루에 성공했다. 삼열은 도루하겠다는 의지를 강하게 내비치지도 않으면서 전혀 예상치 못할 타이밍에 뛰곤 했다.

"저 선수는 투수보다 타자가 더 어울리는군!"

"네, 엄청나게 빠르군요. 섬뜩할 정도로 빠릅니다. 우사인 볼트만큼이나 빨라 보였습니다."

조 알렉산더 감독의 말에 토니 페냐 벤치 코치가 고개를 절레절레 흔들며 말했다.

사실 삼열은 우사인 볼트보다 훨씬 빠르다. 그의 육체는 이제 거의 5급 군병에 육박해서 100m를 7초 후반대에 뛸 수 있다. 육체의 진보는 멈췄지만 한번 바뀐 강인한 육체의 능력은 퇴화하지 않았다.

빅토르 영은 회심의 미소를 지었다. 이제는 선택의 폭이 넓어졌다. 외야 플라이도 괜찮고 진루타도 좋았다. 게다가 2스트라이크 3볼, 카운트도 불리하지 않았다.

빅토르 영은 날아오는 공을 날카롭게 받아쳤다. 공은 유격수 앞 땅볼이 되었지만 삼열은 이미 스타트를 끊은 지 오래였다. 요한 지터는 홈을 흘깃 보고는 할 수 없이 1루에 공을 던졌다. 삼열이 더그아웃으로 돌아오자 컵스의 선수들은 마치 이긴 것만큼이나 기쁘게 그를 맞이하였다.

"삼열, 수고했어!"

"삼열, 굉장했어."

"와우, 끝내줬어!"

쏟아지는 축하와 격려에 삼열은 환하게 웃었다. 이제 승부의 추가 다시 원점으로 돌아왔다.

점수는 2 : 2.

양키스 팬들은 허탈한 표정으로 삼열을 바라보았다. 메이저리그 최고의 투수가 타자로 나와 상대 투수로 하여금 21개의 공을 던지게 하고는 연속 도루에 성공했다. 그리고 내야 땅볼에 홈으로 들어와 동점을 만든 것이다.

어떤 사람은 감탄의 표정으로, 어떤 사람은 질렸다는 표정으로 삼열을 바라보았다. 삼열은 관중들의 그런 눈길에는 아랑곳하지 않고 부상 없이 무사히 돌아온 것에 안심했다.

장영필 아나운서와 송재진 해설위원은 신나게 방송을 하고 있었다.

—아, 삼열 선수 오늘도 도루에 성공했습니다. 오랜만에 보는 삼열 선수의 도루로군요.

—그렇군요. 하하! 사실 삼열 선수의 재능은 투수보다 타자가 더 어울리지 않을까 하는 생각을 들게 하는 경우가 종종 있는데요, 오늘이 바로 그런 날입니다. 누가 저 선수의 발을 막을 수 있겠습니까?

—여기서 보니 양키스 관중들도 삼열 선수에게는 상당히 호의적인데요. 간간이 양키스 관중석에서 파워 업 응원가를 따라 부르시는 분이 계십니다.

—사실 삼열 선수를 알면 누구나 팬이 될 것입니다. 악동이라고는 하지만 마음이 참 따뜻한 선수죠. 올해 티셔츠를 판 돈으로 삼열 선수가 수술을 시켜준 어린아이들이 무려 8명이

나 됩니다. 샘슨사의 발표에 따르면, 그중 2명은 삼열 선수의 개인 주머니에서 수술비가 나오지 않았습니까? 그런 선수를 누가 미워할 수 있겠습니까? 아마도 메이저리그에서 선행기부로만 따지면 최고액이지 않았을까 합니다.

—그리고 그 모든 아이가 한국의 삼송병원에서 수술을 했습니다. 미국의 의료보험 체계가 참 좋지 않은 점이 많은가 봅니다.

—그렇습니다. 한국의 의료보험 체계는 비교적 잘되어 있는 것으로 평가되고 있지요. 미국에서 아프면 난감할 때가 많지요. 아, 말씀드린 순간 삼열 선수 3루 도루마저 성공합니다. 삼열 선수는… 무사해 보이는군요. 아, A.핸더슨 선수가 넘어졌는데 고의는 없어요. 오히려 A.핸더슨이 진루방해로 보이는데요.

—이거 재미있어지는군요. 과연 삼열 선수 득점을 할 수 있을까요? 말씀드리는 순간 빅토르 영, 쳤습니다. 진루타입니다.

—참 이러기도 쉽지 않은데… 삼열 선수 메이저리그의 최고 투수 아닙니까? 그런데 오늘 타자로 나와 안타에 1득점을 하는군요. 이 모든 것이 발로 만들어낸 결과지요. 멋집니다. 가만히 있어도 누구도 뭐라 할 사람도 없는데 말이죠.

—빅토르 영 선수가 더그아웃으로 들어가 동료들의 환대를 엄청 받는군요.

—저런 환영을 받을 만하죠. 모로 가도 서울만 가도 된다고. 노련하게 스트라이크는 커트를 해버리고 삼열 선수가 3루에 도달하자 정상 스윙을 했습니다. 삼열 선수의 빠른 발을 믿은 것이지요. 저는 삼열 선수를 보고 외계인 같다는 느낌을 많이 받습니다. 전성기의 페드로 마르티네스의 공을 보고는 사람들은 그를 외계인이라고 불렀죠. 95마일의 강속구, 낙차 큰 변화구, 슬라이더만큼 휘어지는 커터, 비정상적으로 긴 중지 덕분에 엄청난 역회전이 걸리는 서클체인지업 등, 이 모든 것들 중 지금의 강삼열 선수보다 뛰어나다고 할 수 있는 것이 없습니다. 사실 강삼열 선수는 페드로 마르티네스 선수가 던진 그 어떤 공보다 구위가 좋고, 또 지금은 스크루볼까지 던지지 않습니까? 그리고 직구의 구속은 무려 105마일까지 나오니 말 다 했지 뭡니까?

—저도 가끔 강삼열 선수를 보면 진짜 외계인이다, 이런 생각이 드는데요. 축구에서는 메시의 경기를 보면 진짜 사람 같지 않다는 느낌이 들거든요.

—하하, 둘 다 인간이라고 믿어지지 않는 선수들이긴 하지요.

—말씀드리는 순간 스트롱 케인, 안타를 치고 1루로 나갔습니다. 하하, 결국 조 알렉산더 감독이 나와서 투수 교체를 하네요.

—피터 안드레 투수, 4와 2/3이닝 동안 아웃카운트를 7개 잡았습니다. 그리고 투구 수는 이미 102개이며 주자가 1루에 있는 상황에서 2실점을 하고 물러나는군요. 나름 선전하고 물러난다고 볼 수 있습니다. 삼열 선수에게 21개의 공을 던지기 전까지는 상당히 효율적인 투구를 하지 않았습니까?

—투수의 입장에서는 안타까운 경기였겠네요.

—물론입니다. 이렇게 하고 지면 양키스는 정말 안 좋게 될 여지가 많죠.

마운드에는 제르미아 투수가 들어섰다.

제르미아는 올해 80경기에 나와 8승 7패, 평균 자책점 3.74를 기록하고 있다. 가끔 마무리를 겸하여 등판하지만 그런 경우는 많지 않았다. 그는 강력한 직구를 가지고 있고 커터와 체인지업도 좋다. 좌완투수로 유독 좌완 타자에 강해 원포인트 릴리프로 등판하기도 한다.

하재영은 호흡을 천천히 하였다. 오늘은 1안타에 1삼진, 벌써 3번째 타석이다. 하재영은 오늘 홈런을 때려서인지 몸이 유난히 가볍다고 느껴졌다. 투수의 멘탈이 경기 성적에 아주 큰 영향을 미치듯 가끔 신인들에게는 홈런이 그 어떤 약보다 강력한 힘을 주기도 한다.

재영은 오늘이 자신의 날이라는 것을 직감했다. 뭔가 또 일어날 것 같았다.

제르미아가 연습 투구를 마치고 마운드에 섰다. 재영은 크게 호흡을 하고 타석에 섰다. 그의 마음은 호수처럼 잔잔했다. 그러나 그 안에 들끓는 열정은 용광로보다 뜨거웠다.

'와라, 반드시 날려주마!'

재영은 입을 굳게 다물고 눈을 크게 떴다. 1회 초에 홈런을 쳤을 때와 같이 공이 크고 분명하게 보였다.

펑.

"볼."

공이 스트라이크존을 크게 벗어났다. 그리고 스트라이크를 잡으러 들어오는 공을 보고 그대로 힘껏 배트를 휘둘렀다. 공이 수박처럼 크게 보이지는 않았지만 야구공의 붉은 실밥이 뚜렷하게 보일 정도였다.

따악.

공이 바람을 타고 날아가기 시작했다. 외야 쪽으로 부는 바람 덕분에 재영이 친 공은 펜스를 간신히 넘어갔다.

"와아!"

"홈런, 투런 홈런이야!"

재영은 자신의 공이 잡힐 것이라 생각하다가 홈런이 된 것을 보고는 기뻐하며 뛰었다. 오늘만큼은 신이 자신의 편이 아닐까 의심이 될 정도로 운이 좋았다. 꼭 성공하고 말겠다는 의지가 그 스스로를 특별하게 만들었다.

눈물 젖은 햄버거 먹기를 밥 먹듯이 했기에 그는 자신의 성공이, 비록 오늘 하루지만 너무나 행복했다. 그동안 노력한 것들에 대한 보상을 받는 것 같아서 마음이 뜨거워졌다. 말할 수 없는 감동이 뛰는 내내 척추를 타고 온몸을 헤집고 다녔다.

경기는 그것으로 끝났다. 컵스는 그동안 놀고 있던 볼펜 투수들이 나와 양키스 타자들을 꽁꽁 묶어버린 것이다. 오늘 경기의 MVP는 컵스가 얻는 4득점 중에서 3타점을 한, 그리고 2개의 홈런을 때린 하재영이었다.

삼열은 그가 인터뷰하는 것을 지켜보며 호텔로 돌아왔다. 기자들이 삼열의 인터뷰도 원했지만 삼열이 정중하게 거절했다.

이틀 연속으로 경기에 나와 피곤하다는 핑계를 대니 기자들이 선뜻 이해하고 물러난 것이다. 하지만 삼열은 투수인 자신이 타자로 나와 좋은 성적을 거둔 것이 그다지 마음에 들지 않았다. 다만 이렇게 하지 않으면 안 되었기에 나섰을 뿐이었다.

*　　*　　*

인터뷰한 것은 하재영이었지만 신문의 메인을 장식한 것은 역시 삼열이었다.

어쩌다가 2개의 홈런을 친 신인 타자보다 투수인 삼열이 나와 상대 투수로 하여금 21개의 공을 던지게 하고 안타로 1루 진출, 2개의 도루 끝에 득점한 삼열의 활약을 더 높게 본 것이다.

게다가 그는 자신의 주장대로 3타석에서 모두 안타를 쳐서 자신이 6할이라도 칠 수 있다는 것이 뻥이 아니라는 것을 증명했다.

―삼열 강, 신이 내려준 다리. 우사인 볼트를 보는 것 같은 도루 능력. 「시카고 트리뷴」

―21개의 커트 끝에 안타! 삼열 강, 타자의 지존이 되다. 「뉴욕 타임즈」

―누가 이 선수를 멈추게 할 것인가! 끝없이 질주하는 삼열 강. 그는 정말 기적을 만들 것인가? 「워싱턴 포스트」

―최고의 1번 타자, 강삼열! 양키스타디움을 훔치다. 컵스 2연승. 「USA투데이」

사람들은 아침에 만나면 이 괴이무쌍한 투수에 대해 이야기하기 시작했다.

원래 홈런 타자가 하루 3개의 홈런을 치는 것보다 투수가 타자로 나와 21개의 공을 던지게 만든 것이 더 충격적으로 받아들여진다. 게다가 삼열은 연거푸 2개의 도루를 하지 않았는가.

메이저리그의 정상급 투수의 공을 커트하는 것은 결코 쉬운 일이 아니다. 타자가 의도적으로 커트하려고 해도 그것이 잘되지 않는다. 아무리 정교한 스윙을 하는 타자라 하더라도 타이밍을 빼앗기면 당할 수밖에 없기 때문이다. 그리고 그것이 바로 야구다.

삼열은 돌아오는 비행기 안에서 딸과 아내를 생각했다. 그리고 월드시리즈 우승을 생각했다. 짧은 수면 속에서 삼열은 우승 반지를 끼고 웃고 있었다.

승리란 사람의 마음을 달콤하게 만든다. 아무리 성숙한 인격을 가지고 있는 사람이라 하더라도 지는 것이 기분 좋을 수는 없다. 왜냐하면 그것은 인간 본성에 해당하는 것이기 때문이다. 하지만 삼열은 무려 100번도 더 넘는 메이저리그의 승리 경험보다 어제가 더 좋았다. 비록 자신이 투수로 등판하지 않은 경기임에도 말이다. 어쨌든 월드시리즈 2승을 했으니까.

이제 월드시리즈 우승에 한 발 더 나갔다는 것만으로도 가슴이 설레었다. 너무 일찍 겪은 인생의 깊은 절망으로 인해 감정의 폭이 크지 않은 삼열이지만 양키스를 이겼다는 것 자체로, 그것도 원정경기에서 승리했다는 것으로 말할 수 없는 흥분을 느꼈다.

삼열은 공항에서 집으로 가는 내내 기분이 좋았다. 지금은 사랑하는 가족의 품으로 돌아가고 있다. 불과 며칠도 안 돼 보는 아내와 딸이지만 오늘은 정말 보고 싶었다. 왜냐하면 이렇게 기쁜 감정을 함께 나누고 싶기 때문이다.

차를 타고 오는데 문뜩 살며 사랑하는 것이 무엇인지, 궁금했다. 그동안은 너무 정신없이 달려왔다.

그동안의 삶은 말 그대로 싸우고 전진하고 상대를 부수는 것뿐이었다. 그 결과로 원하는 것을 얻었다. 그런데 이제는 다정한 가족이 생기자 조금 더 행복한 삶을 오래도록 함께 누리고 싶어졌다.

돈과 명예는 이미 애초에 원하던 것보다 더 많이 얻었다. 인생의 공허함이나 무상함을 느끼는 것은 아니지만 가족이 함께 행복할 수 있는 방법이 무엇일까를 저절로 고민하게 된다.

어쩌면 이런 고민 때문에 그동안 마리아가 노블레스 오블리제를 그렇게 많이 이야기했는지도 모른다. 돈 욕심이 많은 삼열이지만 행복을 더 누리기 위해서는 다른 사람들도 행복해야 하는 것을 깨닫고 있다. 인간의 행복은 혼자서 얻을 수 있는 것이 아니기 때문이다. 행복은 사람과의 관계에서 성장하는 아름다운 꽃이기 때문이다.

문을 열고 들어서자 제시가 먼저 뛰어나와 '왕!' 하고 짖었고, 이어 줄리아가 '아빠!' 하고 달려와 품에 매달렸다. 이어 돼지 두 마리가 뛰어나오고 마리아는 가장 늦게 나왔다. 마리아의 얼굴이 약간 핼쑥해져 있어 삼열은 겁이 덜컥 났다.

"아빠, 내 선물 어딨어?"

"나중에 아빠랑 백화점 가서 네가 사고 싶은 거 고르도록 하자."

"와아! 정말?"

"응, 그래."

삼열은 마리아에게 다가가 그녀를 가볍게 안고 키스를 했다.

"당신, 어디 아파?"

"네, 몸살이 온 것 같아요."

"약 먹었어?"

"아뇨."

약을 가져다주었지만 마리아는 부득불 삼열이 내민 타이레놀을 먹지 않는다.

"여보, 왜?"

"그냥요. 왠지 약 먹기 싫어요."

평소와 달리 약을 거부하는 마리아가 이상했다. 아니, 마리아가 아픈 것 자체가 이상했다.

미카엘의 선물에 의해 그녀 역시 평범을 뛰어넘는 육체를 가지게 되지 않았는가?

삼열보다 4살이나 더 많은 마리아는 20대 초반, 아니 10대 후반이라고 해도 믿을 정도로 어리게 보였다. 원래 마리아의 얼굴 자체가 아기자기해서 다른 미국인들보다 나이가 어려 보였지만 그렇다고 동양인보다 어려 보이지는 않았다. 그런데 올해 서른 살이 된 마리아의 외모치고는 너무 소녀 같았다. 그런 그녀가 아픈 것 자체가 이상하다고 삼열은 생각했다.

"아빠, 나랑 놀아줘. 응?"

"그래, 하지만 엄마가 아픈걸."

"아, 그럼 안 되겠구나. 아빠는 엄마와 놀아야겠네. 응, 가서 엄마랑 놀아. 난 제시랑 놀면 돼."

삼열은 딸의 모습을 보며 행복한 미소를 지었다. 개구쟁이지만 눈치가 빨라 부모의 속을 썩이지는 않았다. 다만 뛰어다니는 것을 너무나 좋아하는 것이 문제일 뿐이었다.

줄리아가 거실에서 동물들과 노는 것을 본 삼열은 마리아와 함께 방으로 들어와 침대에 누웠다.

"잠시만, 샤워하고 올게."

"네."

삼열은 기운이 없어 보이는 마리아를 침대에 눕히고 서둘러 샤워를 했다. 차가운 물줄기를 맞으니 정신이 번쩍 들었다.

아내가 아플 때 잘해줘야 한다는 소리를 누구에겐가 언뜻 들었던 기억이 난다.

삼열은 샤워를 마치고 나와 침대에 같이 누워 마리아를 살짝 품에 안았다. '아이' 하며 그를 밀쳤지만 삼열은 더욱 마리아를 가까이 안았다. 그러자 마리아가 살짝 웃으며 삼열의 품으로 파고들었다.

언제부터 아팠는지, 병원에 갔는지 등등을 친절하게 물으며 삼열은 연신 마리아의 눈치를 살폈다.

마리아는 삼열의 다정한 말에 기분이 좋아졌다. 어제부터 온몸이 이유 없이 욱신거렸다. 딱히 병원을 갈 정도는 아닌 것 같아 참고 있었는데 참을수록 기운이 빠지며 나른해졌다.

마치 체한 것처럼, 그리고 심한 몸살에 걸린 것처럼 기운이 없었다. 약을 먹으려고 해도 왠지 마음이 꺼려져서 먹지를 않았다.

여자의 마음은 갈대라더니 어제부터 이유 없이 우울해졌다. 남편이 와도 반갑지도 않았다. 남편을 사랑하는 마음이야 변함없으니 반갑게 맞이해야 하지만 오늘만큼은 왠지 시큰둥하다. 그러지 않으려고 해도 이상하게 그렇게 되었다.

호르몬의 변화인가 하는 생각을 해도 이러는 것은 이상했다. 그럴수록 다정하게 다가오는 남편의 모습이 싫지 않아 속으로 피식 웃으며 그의 품을 파고들었다.

삼열은 마리아를 안고 부드러운 머리를 슬며시 쓰다듬었다. 은은한 허브향이 아내의 머리에서 났다. 거실에서는 줄리아가 뭐를 하는지 쿵쿵거렸지만 워낙 튼튼한 딸이라 신경을 쓰지 않았다. 무슨 일이 생긴다면 줄리아가 울거나 제시가 짖을 것이기 때문이다.

삼열은 손으로 마리아의 몸을 쓰다듬었다. 겉옷을 젖히고 미끄럽고 부드러운 허리와 배를 어루만졌다. 섹스를 하겠다는 생각은 없었다.

아픈 사람의 사정을 무시하고 우격다짐을 할 정도로 생각이 없지 않았다. 다만 아내의 몸을 만지며 친밀감을 느끼고 싶었을 뿐이다.

"아빠?"

줄리아가 문을 열고는 얼굴만 살짝 내밀고 눈을 도르르 굴렸다.

"아빠, 나도, 나도."

삼열과 마리아가 침대에 누워 서로 안고 있자 줄리아가 샘이 났는지 침대로 뛰어들었다.

마리아는 작고 부드러운 줄리아를 껴안고 미소를 지었다. 사랑스러운 딸이 말썽을 피울 때도 많았지만 심성이 착한 아이라 마리아는 딸에게 그다지 불만스러운 점은 없었다. 영리하고 착한 아이였다.

같이 놀던 줄리아가 갑자기 삼열과 마리아에게 가자 제시는 거실에서 한나와 안나가 노는 것을 지켜보았다. 제시가 가만히 바닥에 누워 있자 돼지들이 다가왔다.

돼지 한 마리가 삼열의 침대까지 갔다가 와서는 꿀꿀거리며 제시 옆에 누워 몸을 포갰다.

삼열이 가족과 함께 보내는 그 시간, 시카고는 흥분으로 가득했다. 70년 만에 월드시리즈에 진출한 컵스 때문이었다. 과연 이번에는 컵스가 월드시리즈 우승을 할 수 있을까 하는 이야기를 주고받으며 시카고의 시민들은 들떠 있었다.

만나는 사람마다 어제 있었던 월드시리즈 경기에 관해서 이야기하곤 했다. 컵스의 팬이든 아니든 그것은 상관이 없었다. 그만큼 컵스의 월드시리즈 진출은 사람들의 관심거리였다. 게다가 원정경기에서 2연승을 하고 오자 그런 기대는 거의 폭발적으로 늘어났다.

로버트는 집으로 가기 전에 동생들에게 줄 선물을 사려고 백화점에 잠시 들렀다가 팬들에게 갇혀 버리는 일이 생겼다.

이런 일은 난생처음이었다. 인기가 없는 것은 아니었지만 이렇게 엄청나지는 않았다. 평상시에는 사인 요청을 하는 팬들이 그렇게 많지 않았다.

하지만 오늘은 그가 움직이는 대로 수백 명이 넘는 군중이 따라붙었다. 특히나 아이들은 누구나 그에게 말을 걸고는 사인을 받아가곤 했다.

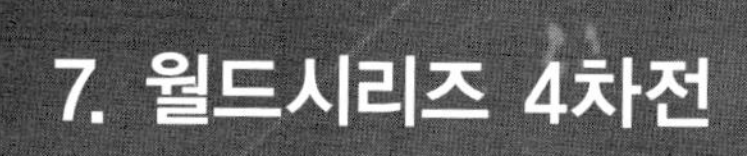

7. 월드시리즈 4차전

시카고는 축제로 흥겹게 변했다. 반드시 월드시리즈 우승을 할 것이라는 기대를 사람들이 하기 시작했다. 단지 야구일 뿐인데, 사람들은 무척 커다란 소망이라도 된 듯 소원하기 시작했다.

자신들이 응원하는 컵스가 이번에야말로 꼭 우승하기를!

1908년 이후 컵스는 단 한 번도 우승하지 못했다. 그리고 1945년에는 샘 지아니스가 엉뚱한 저주를 한 후 월드시리즈에 진출조차 하지 못했다.

시카고는 염소의 저주에 걸려 있었다. 그래서 컵스의 팬이 아니어도 컵스가 이번에 우승하기를 원했다. 사람들은 자신의 주위에서 일어나는 기적을 보고 싶었다.

시카고 트리뷴지는 컵스의 우승이 가시화되자 특집을 준비하기 시작했다. 원더풀 스카이와 지역 방송사들 역시 컵스의 우승에 대한 특집을 준비하기 시작했다. 100년 만에 돌아오는 축제를 소홀히 할 생각은 없었다. 모두가 컵스의 우승을 기원하고 있었다.

그 시간 한국에서도 메이저리그를 즐겨보는 팬들이 충격적인 시간을 보내고 있었다. 삼열이 때문에 컵스를 응원하게 되었는데 이제는 하재영이라는 타자가 등장하여 사람들의 눈을 사로잡았다.

시즌 내내 후보 선수로 나와 간간이 활약했던 그는 그다지 인상적인 장면은 없었다. 하지만 이번에는 달랐다. 월드시리즈 2차전에 나와 한 경기에서 무려 홈런을 2개나 터뜨린 것이다. 그것도 결승 타점으로 말이다.

KBS ESPN의 홍성대 이사는 입이 귀에 걸렸다. 삼열을 만나 거의 거저라고 할 정도의 돈으로 방송권 계약을 했다.

물론 적지 않은 돈을 지불했지만 삼열의 인기를 생각한다면 결코 많은 금액이 아니었다. 경쟁 입찰이 시작되었다면 지금보다 최소 3배 이상의 돈을 더 지불해야 했을 것이다.

홍삼세트와 삼송병원을 소개하자 삼열이 알아서 중계권을

가져다줬다.

그런데 오늘은 너무나 좋아서 미치고 팔짝 뛰다가 죽을 것 같았다. 예상에 없던 하재영이 월드시리즈 2차전에서 연타석 홈런을 때렸기 때문에 시청률이 사상 최고로 나왔던 것이다.

ESPN과 함께 지상파 채널에서 동시 중계를 하자 광고 수주가 엄청나게 밀려왔다.

대박, 완전 대박이었다. 더구나 이번 경기에서 삼열이 타자로 나와 도루를 번개같이 하는 모습은 충격 그 자체였다. 임팩트는 물론 2개의 홈런을 친 하재영이 더 컸지만 사람들은 삼열을 더 좋아했다.

"시청률 나왔지?"

홍성대는 느긋하게 물었다. 굳이 체크를 하지 않아도 불을 보듯 뻔했다. 하지만 그는 자신이 만들어 놓은 작품을 느긋하게 감상하고 싶었다. 담당 직원이 재빨리 45.2%라고 대답했다.

"음, 그렇지. 뭐, 45.2%라고……?"

"네, 물론입니다."

홍성대는 순간 돌처럼 굳었다. 자신이 잘못 들은 줄 알았다. 요즘은 드라마도 20%대만 나와도 대박이라고 하는데 스포츠 프로그램의 시청률이 45.2%라니! 그는 자신이 잘못 들은 줄 알고 귀를 손가락으로 팠다.

"허허허허……."

그는 좋아하기 전에 어이가 없었다. 스포츠 방송으로서는 월드컵 시청률이나 국가대항전 축구 경기에서나 나올 수 있는 수치였다.

'이거 굉장하군. 삼열에게 더 잘 보여야겠군. 홍삼으로 안 돼. 더 좋은 것을 보내야 해.'

그는 삼열과의 약속으로 매달 꾸준히 홍삼을 미국으로 부치고 있었다. 그래 봐야 홍삼값은 얼마 하지도 않았다.

바보들이나 아마추어들은 필요할 때 뇌물과 아부를 하지만 그것은 돈은 돈대로 들고 효과는 별로 없다. 자신처럼 평상시에 좋은 관계를 다져 놓으면 효과가 직빵이다.

이후에 삼열은 KBS ESPN 홍성대의 이름으로 한우갈비세트, 각종 과일세트, 각종 차세트 등의 선물을 받았다.

*　　　*　　　*

삼열은 마리아가 몸이 아픈데도 한사코 약을 먹지 않으려고 해서 어쩔 수 없이 몸으로 봉사해야 했다. 결혼하고서 처음으로 음식을 하고 차를 끓이고 빨래도 하고 딸과 놀아줬다. 그리고 시합이 다가왔다.

월드시리즈 3, 4, 5차전은 리글리필드에서 열린다. 시합 당일이 되자 아침부터 저녁까지 사람들은 오직 야구 이야기만 했다. 그리고 3차전 경기가 시작되자 거리는 텅 비었다. 모두 월드시리즈를 시청하기 위해 집과 퍼브(pub)로 발걸음을 옮겼다.

3차전 컵스의 선발은 존 가일이었다. 그는 아침부터 긴장으로 몸이 떨릴 정도였다. 아무리 긴장을 하지 않으려고 해도 어쩔 수 없이 몸이 말을 듣지 않았다. 그런 그를 보며 감독과 코치는 긴장을 풀라고 조언을 해줬고 다른 선수들 역시 웃으며 긴장을 풀라고 했다.

"가일, 너답지 않게 뭐 하는 짓이야?"

"그게, 쉽게 안 돼."

"괜찮아. 질만 하면 지는 것이고 이길 만하면 이기는 것이겠지. 네가 그렇게 떤다고 결과가 바뀌는 것은 아니잖아!"

"젠장, 망할 자식아, 지면 내 책임이니까 그렇지."

삼열과 가일의 이야기를 듣고 있던 레리 핀처가 고개를 갸웃거렸다. 오늘도 그는 몸 상태가 좋지 않아 선발 출장이 불투명하였다. 그래서 그 역시 지금 기분이 좋지 않았다.

"존 가일, 네 말이 틀렸어. 우린 9명이 시합을 하는 것이지, 너 혼자 하는 게 아니야."

레리 핀처의 말을 듣고서 가일은 자신의 실수를 깨달았다.

공을 던지는 자신이 가장 긴장을 하고 있는 것은 맞지만 자신만 떨리는 것은 아니었다. 어떤 상황에서든 다른 선수를 무시하는 발언은 잘못된 것이다.

"아, 미안해. 그런 의도로 말을 한 것은 아니었어."

"나도 알아. 하지만 너 혼자 경기를 하는 것은 아니라는 것을 알아야 해."

레리 핀처의 말에 존 가일이 묵묵히 고개를 끄덕였다. 시간이 바람처럼 지나갔다. 긴장의 시간도 끝이 있게 마련이다.

마침내 리글리필드에서 시합이 시작되었다. 삼열은 더그아웃의 벤치에 앉아 그라운드에서 몸을 푸는 선수들을 바라보았다.

지난 경기에서 삼열이 무리한 도루를 했다고 판단한 베일카르도 감독은 그의 출장을 허락하지 않았다.

삼열은 말없이 별처럼 반짝이는 선수들의 눈을 보고 관중들의 뜨거운 숨소리를 들었다.

존 가일은 시합이 시작되자 경기 전과는 달리 차분하게 경기를 풀어나가기 시작했다. 그의 공을 보면 언제 그렇게 긴장을 했나 싶을 정도로 위력적이고 날카롭게 구석구석을 파고들었다.

"후후, 가일이 좀 하는군."

레리 핀처의 말에 삼열이 피식 웃으며 동조를 했다. 올해

12승에 3점대 후반의 방어율을 가지고 있는 그는 뛰어난 슬라이더와 체인지업, 커터가 명품이다. 직구의 구속은 그다지 빠르지 않은 90마일 전후에서 형성되었지만 묵직하고 무브먼트가 좋았다.

베일 카르도 감독은 안도의 한숨을 내쉬었다. 시합 전에는 과연 저대로 내보내도 될까 하는 의구심이 들기도 했지만 1회 초에 가볍게 삼자범퇴를 시키고 오는 것을 보니 마음이 놓였다.

양키스 선수들이 우르르 그라운드로 몰려갔다. 마치 철새의 무리가 하늘 위에서 날개를 펴듯 갈라지는 듯한 선수들의 모습에 삼열은 가볍게 하품을 하며 벽에 등을 기대었다.

삼열은 시합이 진행되는 것을 보면서도 집에 있을 마리아가 걱정이었다. 병원을 가봤어야 했는데 괜히 가지 않은 것이 못내 후회되었다.

삼열은 빅토르 영이 공격을 하는 것을 보며 화장실이 있는 복도로 가다가 휴대전화를 빌려 집에 전화를 했다. 신호음이 가자마자 '헬로?' 하는 딸의 목소리가 전화기를 타고 흘러나왔다.

—아빠……?

"응, 줄리, 아빠야. 엄마는 뭐 하시니?"

—엄마? 엄마 자는데…….

"엄마 아프니까 줄리가 잘 보고 있다가 엄마 도와줘."

—응! 걱정하지 마, 아빠! 예쁜 줄리만 믿어.

"그래. 아빠는 예쁜 줄리 믿는다. 엄마가 많이 아프면 경호원 언니에게 이야기해야 해. 경호원 언니 전화번호 알고 있지?"

—응. 긴급전화 1번 누르면 되잖아.

"그래. 제시하고 잘 놀고 있어. 아빠가 시합 끝나자마자 갈게."

—응, 아빠.

삼열은 진행요원에게 빌린 휴대전화를 돌려주며 고맙다는 인사를 했다.

시합은 점점 열기 속으로 빠져들고 있었다. 빅토르 영이 1루에서 도루를 할 준비를 하고 있었다.

점수는 컵스가 먼저 냈지만 양키스가 곧 뒤를 따라잡았다. 엎치락뒤치락하다가 5회가 되면서 양키스가 앞서가기 시작했다.

4 : 3.

양키스가 역전에 재역전을 하여 앞서가고 있었다.

양키스의 선발투수는 빌리 피네스.

도미니크공화국 출신의 그는 2m의 큰 키에 118kg의 거구에서 날아오는 공이 위력적이었다.

그가 시애틀 매리너스에서 데뷔했을 때 관중들에게 충격, 또는 악마적이다라는 평가를 받았다. 언제든 100마일의 공을 뿌릴 수 있는 그는 슬라이더의 각이 커서 어지간한 타자들은 칠 수 없는 구질을 가지고 있다. 공 끝이 좋아 타자들에게는 지저분하다는 평가를 받는다.

그는 2011년 9승 10패, 자책점은 3.74로 171이닝을 던져 133개의 안타만 허락했을 정도로 피안타율이 낮았다. 그만큼 그의 공은 위력적이었다. 하지만 그는 제구력에 난조를 보일 때가 많았고 2012년에는 우측 전방 견관절 파열로 시즌 아웃, 재활 기간에 음주운전을 해 파동을 경험했다.

이후 그는 착실히 재활훈련을 해서 올해에는 13승 10패에 자책점 3.65를 기록했다.

오늘 경기도 초반에 제구가 안 되어 볼넷을 남발하다가 점수를 준 측면이 있었다. 그러나 3회 이후에 안정을 찾으면서 특유의 위력적인 공을 던지기 시작했다. 아직 나이가 어려 얼마든지 성장할 가능성이 많은 선수였다.

존 가일이 침착하게 공을 던졌지만 요한 지터, 에드워드 카노, A.핸더슨, 빌 네빌의 타선은 말 그대로 위력적이었다. 필요할 때는 노련하게 한 방씩 터뜨려 줬다.

점수를 4점이나 내줬지만 그렇다고 존 가일이 못 던진 것은 결코 아니었다. 여전히 그의 공은 위력적이고 제구도 잘되었다. 그가 점수를 내준 것은 단지 경험이 없어서였다.

"하아~ 오늘은 좀 힘들겠는데."

삼열이 중얼거리자 옆에 있던 벅 쇼도 고개를 끄덕이며 동조를 했다. 오늘따라 양키스의 타자들이 날고 있었다. 이를 악물고 뛰는 선수들의 모습에 섬뜩한 느낌이 들 정도였다. 그에 비하면 컵스의 선수들은 어리숙한 샌님에 지나지 않았다.

"저 새끼는 눈에서 살기가 뚝뚝 떨어지네. 무서워서 이거 경기를 하겠나?"

벅 쇼가 A.핸더슨이 몸을 날려 공을 잡는 것을 보며 질렸다는 어투로 말했다. 컵스는 오늘 기세 싸움에서 양키스에게 완벽하게 밀렸다.

"네가 나가서 한번 휘저어줘야 하는데… 넌 내일 선발로 등판하잖아?"

"응, 그래야지."

"아쉽다."

삼열은 벅 쇼의 말에 콧방귀를 뀌며 속으로 중얼거렸다.

'놀고 있네. 저놈들 눈에서 광선검이 튀어나오는데 나라고 별수 있겠냐? 소나기는 피해 가는 것이 장땡이지.'

삼열은 맞붙으면 못할 것도 없다는 생각이었지만 굳이 힘을 뺄 이유가 없었다. 악에 받치면 쥐도 고양이를 무는데 오늘은 아무리 봐도 날이 아니었다. 게다가 삼열은 내일 선발 등판이다. 굳이 무리할 이유가 없었다.

삼열의 꿈은 영웅이 되는 것이 아니다. 가늘고 길게 야구를 하는 것이다. 우승을 하고 싶다는 열망에 요즘 평소와 달리 무리를 하는 것이지, 혼자 슈퍼맨이 될 생각은 애초부터 없었다.

삼열의 목적은 이름을 날려 골프만큼의 기업 협찬 광고를 받는 것이지, 몸을 혹사하면서까지 돈을 버는 게 아니었다.

소박한 성품의 삼열과 마리아는 사실 지금 가지고 있는 돈도 다 쓰지 못하고 죽을 것이다. 전 세계에서 삼열의 파워 업 티셔츠가 꾸준히 팔리고 있고 안테나 로열티도 곧 들어올 것이다. 게다가 미카엘이 삼열의 이름으로 사놓은 주식도 조금 있다.

미카엘이 일부를 가져갔지만 아직도 많이 남아 있다. 미카엘의 돈이지만 고향으로 돌아간 그가 지구의 돈을 찾아가기 위해 다시 올 일은 없을 것이다.

그러니 삼열은 돈이 많다. 그런데 문제는 삼열은 욕심이 많지만, 몸 사리는 데 일가견이 있어 오늘 같은 날은 타자나 투수로 자원해서 등판하는 일은 정말 노땡큐라는 점이다.

사실 삼열은 오늘 시합의 결과보다 마리아의 몸이 더 걱정이었다. 그제부터 아픈 몸이 오늘까지 낫지 않고 있었다. 그

것이 시합 내내 신경이 쓰여 사실 컵스가 지고 있는 것에 그다지 관심도 가지 않았다. 그렇다고 경기 결과를 보지도 않고 집으로 가기도 뭐했다.

시즌 중이라면 당장 달려갔을 터인데 지금은 월드시리즈였다. 그러니 차마 집으로 가지는 못했지만 생각은 딴 데 가 있었다.

이런 삼열의 생각도 7회에 끝나고 말았다.

카노가 3점 홈런을 치면서 7 : 3으로 달아나 버린 것이다. 이후에 컵스가 1점을 만회하는 것으로 경기가 끝나 버렸다. 홈경기에서 컵스가 패하고 말았다.

사실 단순한 1패일 뿐인데 컵스의 분위기가 이상해져 버렸다. 1945년에도 컵스가 2승 1패로 이기고 있다가 역전패하면서 우승 반지를 잃어버린 기억이 되살아난 것이다.

일부 신문의 컬럼에서 이와 같은 사실을 언급하면서 사람들의 머릿속에 두려움을 각인시켰다.

꼭 우승해야 한다는 염원은 구단과 선수들에게만 있는 것은 아니었다. 컵스를 사랑하는 팬들에게도 있었다. 그런데 화인과 같은 저주의 숫자인 2승 1패가 되자 사람들은 '혹시', '재수 없게' 무슨 일이 생기는 것 아닌가 하고 걱정하기 시작했다.

*　　　*　　　*

삼열은 아침에 일어나 마리아의 몸부터 챙겼다. 어제보다는 다행스럽게도 몸의 상태가 나아졌다. 집 안에서 돌아다니는 데 별 무리가 없어 보였다.

삼열은 그 모습을 보고는 아침에 병원을 가려던 생각을 접었다.

삼열은 포스트시즌에는 정규 시즌과 달리 연습을 많이 하지 않고 있었다. 그래서 가족들하고 보내는 시간이 많았다. 아침에도 달라붙은 줄리아와 놀다가 오후가 되어서야 연습장에 나타났다.

삼열은 칼스버그와 함께 구위를 점검했다. 몸은 마치 섬세한 기계처럼 정교하게 돌아가고 있었다.

어제 컵스의 패배는 전혀 신경 쓰지 않았다. 어제는 패할 만해서 패한 것으로 생각했다. 오늘도 이길 만하면 이기는 것이고 질 만하면 지는 것이다라고 생각하자 마음이 편해졌다.

삼열은 몸이 좋아진 마리아가 오늘 경기를 보러 나오겠다고 하는 것을 힘겹게 말렸다. 경기야 집에서 봐도 되는데 굳이 나올 필요 없다고 했다. 그러면서 오늘은 꼭 이겨야겠다고 생각했다.

자신이 나오는 경기를 보기 위해 아픈 몸임에도 불구하고 리글리필드에 나오려던 마리아를 생각하자 온몸에 힘이 들어갔다.

'그래, 마리아를 위해 오늘은 꼭 승리하고 말겠어.'

삼열도 아침에 기사를 보았다. 70년 전의 일을 가지고 뭐라고 하는 칼럼을 보고 피식 웃었다. 자신이 태어나기도 전의 일에 영향을 받을 이유가 하나도 없는 것이다. 그딴 운명을 믿기에는 그는 너무 많은 것을 겪었고 또 알고 있다.

삼열은 시간이 되어 리글리필드로 걸음을 옮겼다. 가볍게 식사를 하고 잠시 몸을 점검하고 마운드에 섰다. 바람이 흐르고 시간도 흘렀다.

인간의 운명도, 삶도 변하게 마련이다. 힘껏 도전하면 운명의 거대한 벽도 무너지게 마련이다. 그것을 삼열은 어린 시절부터 깨달았다.

KBS ESPN의 장영필 아나운서와 송재진 해설위원은 긴장 속에서 방송을 준비하고 있었다. 지난번에 방영되었던 경기가 시청률이 45.2%라는 소리를 듣고 소름이 돋을 정도로 좋았다. 물론 회사에서 보너스가 나오는 것은 두말할 나위가 없다.

"선배님, 오늘 시청률은 2차전 경기만큼 나올까요? 언뜻 광고가 완판되었다는 말을 듣기는 했는데, 조금 걱정이네요."

"걱정하지 마. 삼열이 알아서 해줄 터이니 말이야. 하하하."

송재진 해설위원이 호탕하게 웃으며 말했다. 월드시리즈 광고는 정규 시즌의 광고비와는 비교도 할 수 없을 만큼 비쌌다. 그런데도 광고가 완판되었다니 방송을 하는 그들로서는 기쁘기 그지없었다.

"삼열을 믿어 봐. 그는 무려 스위치 피처야. 어제 양키스가 이겼지만 존 가일과 삼열은 비교할 수 없을 정도로 실력 차이가 나니 걱정하는 것 자체가 말이 안 되는 코미디라고!"

"그, 그렇겠죠?"

"물론."

오늘은 주말 경기라 이른 시간부터 온 가족이 리글리필드로 몰려들었다. 날씨가 조금 쌀쌀했지만 그렇다고 춥지는 않았다. 관중들도 두꺼운 옷으로 무장하고 와서 추워하는 사람은 눈에 띄지 않았다. 오늘 아침부터 기온이 떨어진 것이 오히려 사람들에게 두꺼운 옷을 입어야 한다는 것을 알려 주었다.

가수가 미국의 별사탕 노래(Star Spangled Banner)를 부르고 나자 마침내 경기가 시작되었다. 삼열은 마운드에 서서 건방진 표정으로 양키스의 타자를 노려보았다.

그리고 삼열은 공을 던졌다. 아주 빠른 공이었다. 요한 지터는 얼떨결에 배트를 휘둘렀지만 공이 너무 빨랐다.

펑.

"스트라이크."

요한 지터는 마치 총소리와 같은 소음을 들었다. 공이 만드는 소리라고 믿기에는 너무나 날카로웠다. 기차 소리와도 비슷했지만 더 날카로운 소리였다. 저절로 전광판에 눈이 갔다.

"오! 맙소사!"

그는 전광판의 숫자에 눈을 깜박였다.

107마일이라니! 시속 171.2㎞/h라니! 그는 믿을 수가 없었다. 팬들이 무슨 일이 일어났는지 알아챈 것은 삼열이 두 번째 공을 던질 준비를 하고 있을 때였고, 이내 엄청난 함성이 터져 나왔다.

"나나나나, 우리는 파워 업!"

삼열을 응원하는 파워 업 소리가 리글리필드를 가득 메웠다. 양키스에서 가장 인기 있는 선수는 요한 지터다. 요한 지터가 오랜 시간 팬들의 사랑을 받았지만 시카고에서만큼은 태양 앞의 반딧불이다.

"오, 파워 업, 삼열!"

"파워 업, 삼열!"

어제 독기로 똘똘 뭉쳤던 양키스의 선수들의 눈에서 놀람과 감탄이 흘러나왔다. 시합에 나오기 전에 단단히 마음을 다잡았던 선수들은 이 순간 얼어붙을 듯 의욕이 사라지고 있었다.

다시 빛처럼 빠른 공이 날아왔다. 이번에는 지터가 배트를 휘두르지도 못하고 서서 스트라이크를 당했다. 바깥쪽 낮은 공이었다.

사람들의 감탄이 다시 터져 나왔다. 이번에도 구속이 105마일이었다. 제3구는 라이징패스트볼로 여겨지는 몸 쪽 공이었다. 지터는 자신도 모르게 배트를 휘두르다가 삼진 아웃을 당했다.

"굉장하군, 굉장해!"

여기저기서 감탄의 목소리가 튀어나왔다. 삼열은 의도적으로 빠른 공으로 타자를 삼진 아웃으로 돌려세웠다. 어제의 경기의 여파가 오늘까지 이어지는 것을 끊기 위한 하나의 이벤트였다.

2번 타자 그랜더 해머 역시 3구 삼진을 당했다. 그 모습을 지켜보던 조 알렉산더 감독은 고개를 떨구었다. 그리고 알았다. 이번 월드시리즈에서는 시카고 컵스를 이길 수 없다는 것을.

양손잡이 투수가 버티는 컵스는 결코 쉬운 상대가 아니다.

1차전에서 양키스가 삼열에게 얻은 점수는 고작 1점. 그것도 실투성으로 보였던 공이었다. 그런데 오늘은 그때와는 완전히 격이 다른 공을 던지고 있다.

"정말 대단하군요. 비록 적이지만 칭찬을 안 할 수 없어요."

토니 페냐 벤치 코치가 작은 소리로 감독에게 말했다. 그의 말을 들었는지 못 들었는지 모르지만 조 알렉산더 감독이 습관적으로 고개를 두 번 끄덕였다.

상대 투수는 교활하고 막강했다. 초장에 가장 강력한 공을 던져 양키스 선수들의 의욕을 모두 앗아갔다.

3번 타자 역시 삼열이 던지는 압도적인 공의 위력에 패배를 시인했다.

삼열의 공은 단지 빠르기만 한 것이 아니다. 빠른 공이기만 하면 그다지 어렵지 않다. 하지만 묵직하고 끝이 살아 있는 공은 절대 치기가 쉽지 않다.

기세가 오른 적을 상대하려면 더 큰 힘으로 눌러야 한다. 적당히 맞혀 잡는 투구로 하다가는 쉽게 보일 수가 있는 법이다. 그래서 삼열은 가장 위력적인 공을 처음부터 내보인 것이다.

에드워드 카노는 두 개의 배트가 부러지면서 투수 앞 땅볼로 아웃되고 말았다. 모두 커터에 당한 것이다. 좌타자인 그가 배트를 휘두를 때 휘어져 들어오는 날카로운 커터에 배트가 두 동강 났다.

첫 번째는 카노가 직구의 타이밍으로 스윙했기에 빗맞으면서 파울이 된 것이고 두 번째는 타이밍은 바로 잡았지만 위력적인 구위에 또다시 배트가 부러진 것이다.

컷 패스트볼에 배트가 부러지는 것을 가장 많이 본 양키스 선수들이다. 하지만 그것은 말 그대로 상대 타자들의 배트가 마리아노 리베라의 커터에 당해 그렇게 된 것이다. 자신들의 배트가 부러질 줄은, 그것도 커터에 의해 그렇게 될 줄은 생각하지도 못했다.

리베라는 두 가지의 커터를 던진다. 일반적인 커터와 백도어 커터. 오른손 투수인 리베라가 커터를 던지면 좌타자의 경우 몸 쪽으로 파고드는 공이 되어야 하는데, 백도어 커터는 오히려 바깥쪽으로 휘어져 나간다.

삼열이 가볍게 1회를 마치고 더그아웃에 들어오자 컵스의 선수들은 다시 사기가 올랐다. 1회에 삼열이 던진 공은 8개. 수비 시간도 짧을 수밖에 없었다.

―아, 굉장하군요. 카노 선수 가볍게 아웃되고 마는군요.

―그렇습니다. 171㎞/h의 공을 던지다가 카노 선수에게는 모두 커터를 던졌군요. 아마도 좌타자라는 걸 감안한 것 같습니다. 앞선 타자 두 명을 모두 직구로 삼진을 시켰으니 아마도

직구를 기다리고 있었을 것입니다. 다시 화면에 나오고 있지만 첫 번째 공에 배트가 부러진 모습인데요, 카노 선수의 어깨가 빨리 열리는 것이 보이시죠? 직구 타이밍이었는데 커터 역시 빨라서 파울이 되었습니다.

배트가 두 동강이 나면서 바닥에 한번 크게 튕기는 모습과 공이 3루 쪽으로 구르는 것이 보였다. 두 번째 화면에서는 타이밍을 맞췄지만 힘에 눌려 배트가 동강 나는 게 보였다.

리글리필드는 파워 업 소리가 요란하게 퍼졌다. 3루 쪽 관중들 가운데 일부만 입지 않았을 뿐 거의 모든 관중이 삼열의 파워 업 티셔츠를 입고 왔다.

월드시리즈가 되면서 파워 업 티셔츠가 불티나게 팔렸다. 특히 어제는 경이로울 정도로 많이 팔렸다. 오직 티셔츠만 판매하는 삼열의 회사와 달리 구단은 다양한 제품들을 팔고 있다.

상대적으로 삼열의 구단 티셔츠는 덜 팔렸지만 다른 인형이나 카드는 엄청나게 팔려 컵스의 구단 관계자들은 입이 이마까지 찢어졌다.

양키스의 선발투수로 JJ.버킨이 나올 줄 알았는데 호세 노바 투수가 나왔다. JJ.버킨은 가벼운 손목 부상으로 오늘 등판할 수가 없었다. 연습 중에 조금 다쳤는데 심하지는 않아 내일 경기에는 등판할 수 있다고 한다. 그리고 사실 그가 나온다고 뾰족한 수가 있는 것은 아니다.

호세 노바는 양키스의 미래라고 불리는 선수다. 2004년 드래프트에서 8만 달러에 입단한 그는 비교적 오랜 기간 마이너리그에 있었다. 95마일 전후의 직구와 체인지업, 슬라이더가 뛰어난 투수다.

또 볼 끝이 춤을 추듯 미끄러지는 구위에 타자들이 헛스윙을 많이 했다. 이처럼 땅볼을 유도하는 투수이기도 했다.

2011년에는 16승, 1012년에는 12승을, 2014년에는 11승, 올해는 14승을 한 투수다. 2013년에는 부상으로 메이저리그에는 몇 경기 등판하지 못했다.

빅토르 영은 타석에 들어서서 호세 노바의 공을 기다렸다. 삼열과 비교하면 급이 떨어지는 선수이기는 하지만 뛰어난 구위를 가진 투수라는 것을 기억하며 신중하게 타격을 하기로 마음먹었다.

비디오로 본 바에 의하면, 브레이킹볼이 뛰어나 타격 포인트를 앞에 두면 대책 없이 당하는 스타일이었다. 그러니 배트를 조금 짧게 쥐고 홈런보다는 안타를 노리기로 했다. 드디어 공이 날아왔다.

펑.

"스트라이크."

낮은 바깥쪽 직구였다. 친다고 하더라도 안타가 나올 가능성이 적은 공이었다.

빅토르 영은 눈을 더 크게 뜨고 다음 공을 기다렸다.

『MLB—메이저리그』 13권에 계속…